新興俳人の群像

「京大俳句」の光と影

田島和生著

思文閣出版

はじめに

日中戦争から太平洋戦争へと突入した戦争時代。新興俳句運動の旗頭とされ、全国の多感な俳人たちの心をとらえた俳句同人誌があった。

京都の旧制三高、京都帝大関係者が創刊した「京大俳句」である。

「京大俳句」に参加したのは、日野草城《そうじょう》、山口誓子《せいし》、平畑静塔《せいとう》、井上白文地《はくぶんじ》、中村三山《さんざん》、波止影夫《はしかげお》、堀内薫といった三高、京大関係者だけではない。西東三鬼《さいとうさんき》、石橋辰之助、杉村聖林子《せいりんし》、渡辺白泉《はくせん》、岸風三楼《ふうさんろう》、仁智栄坊《にちえいぼう》、三谷昭《あきら》ら多数の俳人が各地から集まった。雑詠欄には戦後活躍する鈴木六林男《むりお》や沢木欣一《きんいち》ら若い人たちも盛んに投句した。

「京大俳句」は、リアリズムやロマンチシズム、モダニズムといった自由闊達《かったつ》な精神を尊び、戦争、社会、世相、生活、恋愛と素材も広く、自在に詠み上げた。俳句論争も活発に巻き起こし、新興俳句運動の一大潮流ともなる。

ところが、昭和十五年（一九四〇）二月、思いがけない事件に巻き込まれた。「京大俳句」会員が突然、言論弾圧法規の治安維持法違反で特高に捕まった。国民精神総動員をうたい、戦時体制を強化する政府・軍部は、共産主義だけでなく、自由主義的な文化活動まで徹底的に取締り、「京大俳句」などに加わるリベラリストたちまで狙った。

新興俳句弾圧事件は二次、三次と続き、やがて、首都から地方にまで広がる。監獄の劣悪な環境で病気が悪化し、一命を落とした俳人もいた。

この事件の年、「京大俳句」は創刊八年目を迎え、新たな飛躍が期待されていたが、廃刊に追い込まれた。最終号の昭和十五年二月号は破棄させられ、戦後も長らく「幻の終刊号」と見られていた。

しかし、思いがけなく、会員の笠原国男が保管していた。


召されては風のごと征《ゆ》き死ぬもよし　　笠原　国男

皇軍兵士として幾度も召集され、行方定めぬ風のように、転進し、戦い、やがて、死ぬのもいいだろう。

戦死を恐れず、悟りきったような句を作った国男は、太平洋戦争終期の昭和十九年（一九四四）、フィリピンで砲弾を浴び、絶命した。二十二歳の若さだった。

国男は、新潟県直江津生まれ。関西大学在学中、「京大俳句」の創刊者の一人で、講師だった井上白文地の影響で、俳句を始める。やがて、句作に、論評に活躍し、昭和十五年一月、会員に抜擢される。が、俳誌は廃刊され、会員として発表する機会もなかった。

「幻の終刊号」は、国男の没後、いとこの俳人杉本雷造《らいぞう》が偶然、遺品の中から発見した。

雷造の話では、国男も特高からマークされ、一時は高野山に身を潜める。そこへ、召集令状の赤紙。徴兵検査では丙種のひ弱な体だったが、死亡率が一番高いとされる機関銃隊射手を命じられ、結局戦死した。これも、「特高の黒い魔手」のせいではないかと、雷造は思った。

国男の恩師だった井上白文地も戦争末期、臨時召集を受け、中国北部で消息を絶った。


昭和の戦争時代、国男のような若い俳人たちの心をとらえた「京大俳句」とは一体、どんな内容だったのか。新興俳句運動が目指したものは何か。なぜ、「京大俳句」など新興俳誌は弾圧されたのか。そして、新興俳人らを抑え、戦争推進に協力した「俳句報国」の実態とは……。

新興俳句事件は、いわば言論弾圧にからむ重大事件だが、関係図書は意外と少ない。戦後六十年を迎えた今、「京大俳句」を中心に新興俳句時代に改めて光を当ててみたい、と考え、資料に沿って書いた。俳人以外の方たちにもぜひ読んでいただき、感想やご教示をいただければ、大変ありがたい。

二〇〇五年（平一七）七月

田島　和生

〔おことわり〕本文中、俳句や引用文などが読みやすいように、一部、旧漢字を新漢字に改め、ルビも付けました。また、敬称も略させていただきました。

新興俳人の群像※目次

新興俳人の群像——「京大俳句」の光と影

第一章　新興俳句運動の萌芽

注目の虚子選「ホトトギス」雑詠欄

大正から昭和前期にかけて、俳誌といえば、「ホトトギス」を指し、その俳人たちの頂点に立っていたのが、高浜虚子《きよし》だった。

ここで、「ホトトギス」の歴史について、ごく簡単に振り返ってみたい。

明治中期、宗匠らによる月並み俳句を排し、「写生」を前面に俳句革新運動を起こした正岡子規（一八六七〜一九〇二）。この子規を中心とした俳句同好者の俳句会「松風会」を背景に、子規の中学時代の友人柳原極堂《やなぎはらきょくどう》（一八六七〜一九五七）の提唱で、明治三十年（一八九七）、子規の俳号にちなむ「ほとゝぎす」が発刊された。

創刊の約一年半後、編集発行人は、高浜虚子に譲られる。子規没後、「写生」論をめぐって、河東碧梧桐《かわひがしへきごとう》は虚子と対立し、独自の「新傾向」俳句を打ち出し、やがて「ホトトギス」から離れる。このあと、虚子は、夏目漱石の「坊っちゃん」などの小説や写生文、評論を中心に編集し、俳誌としての性格が弱まった。

漱石が朝日新聞に入社し、虚子自身も体調を壊し、雑誌編集に打ち込めなくなったこともあり、「ホトトギス」は一時、経営不振に陥った。しかし、碧梧桐の新傾向派に逆らい、改めて俳壇復帰に情熱をかける虚子は、有季定型の「守旧派」を掲げ、「客観写生」による俳句を主張し、俳誌の編集に情熱を注いだ。明治四十二年八月号から中断していた虚子自身の雑詠選を四十五年七月号から再開した。

草摺に蛞《なめ》蝓《くぢ》をりし朝の陣　尾崎迷堂《めいどう》

島人の錦絵を紙魚《しみ》喰ひにけり

復活雑詠欄の巻頭には、のちに松根東洋城《まつねとうようじょう》主宰「渋柿《しぶがき》」の三羽烏といわれた迷堂の句が飾られた。

有力俳人続出の「ホトトギス」

やがて、大正期に入り、高浜虚子主宰の「ホトトギス」の華《はな》として、多くの優れた俳人たちが続出する。村上鬼城《きじょう》、飯田蛇笏《だこつ》、原月舟《げつしゅう》、渡辺水巴《すいは》、長谷川零余子《れいよし》、原石鼎《せきてい》、前田普羅《ふら》、池内たけし、西山泊雲《はくうん》、野村泊月《はくげつ》らである。

高々と蝶こゆる谷の深さかな　原　石鼎

耳聾酒《じろうしゅ》の酔ふほどもなくさめにけり　村上　鬼城

芋の露連山影を正うす　飯田　蛇笏

縦横に光る木の根や五月闇　西山　泊雲

月さすや沈みてありし水中花　前田　普羅

さらに、鈴木花蓑《はなみの》、日野草城《そうじょう》、鈴鹿野風呂《のぶろ》らが活躍する。

短日や月光り出て豆腐売　鈴木　花蓑

牡丹や眠たき妻の横坐り　日野　草城

藻にのりてゆれながら鳴く蛙かな　鈴鹿野風呂

虚子は昭和二年（一九二七）、詠む素材を花鳥風月に絞った「花鳥諷詠」論を唱え、俳句に新たな新風を呼び込み、俳人たちの関心を集めた。

こうして、大正末期から昭和初期にかけ、阿波野青畝《あわのせいほ》、水原秋櫻子《みずはらしゅうおうし》、山口誓子《せいし》、高野素十《たかのすじゅう》、後藤夜半《やはん》、富安風生《ふうせい》、山口青邨《せいそん》、星野立子《たつこ》、中村汀女《ていじょ》、松本たかし、川端茅舎《ぼうしゃ》、杉田久女《ひさじょ》、中村草田男、五十嵐播水《いがらしばんすい》と、キラ星のように新鋭俳人が続々と誕生することになる。

葛城の山懐《ふところ》に寝釈迦かな　阿波野青畝
天平のをとめぞ立てる雛《ひひな》かな　水原秋櫻子
匙なめて童たのしも夏氷　山口　誓子
塵とりに凌霄《のうぜん》の花と塵すこし　高野　素十
滝の上に水現れて落ちにけり　後藤　夜半
赤く見え青くも見ゆる枯木かな　松本たかし
白露に金銀の蠅とびにけり　川端　茅舎
蛍火や山のやうなる百姓家　富安　風生
吹かれきし野分の蜂にさゝれたり　星野　立子
風に落つ楊貴妃桜房のまゝ　杉田　久女

「ホトトギス」に入選したら、赤飯を炊いて祝ったという伝説も生まれ、多くの俳人が投句し、雑詠欄で競うことになる。

花の「四S」時代

「ホトトギス」が全盛期を迎えるのは、昭和初期といえる。このころ、虚子選の雑詠欄で、たびたび巻頭を占める新人四人を上げ、その四人の俳号の初めのアルファベットの文字Sから「四S」と名づけたのは、山口青邨だった。

しかし、四Sと呼ばれた四人のうちの二人が三年後、虚子に反旗をひるがえす。幾らか罪作りな命名だったかもしれない。

四Sとは、水原秋櫻子、阿波野青畝、高野素十、山口誓子。

山口青邨は昭和三年（一九二八）九月二十四日、東京の「ホトトギス」発行所で、「どこか実のある話」と題して講演し、その内容が翌四年一月号の「ホトトギス」に掲載された。

この中で、青邨は「今日わが俳壇に於て天下に気を吐き、天下の人心を収攬《しゅうらん》し、喜ばれ、推奨おく能《あた》はざらしめる作家」として、「東に秋素の二Sあり！、西に青誓の二Sあり！」と話した。つまり、東の関東には秋櫻子と素十、西の関西には青畝と誓子という「褒め称えるべき作家」がおり、四人の作品を激賞した。

ちなみに、「ホトトギス」雑詠欄で、大正十四年から昭和三年までの四年間、巻頭を占めた四人の成績は、青畝が九回と一番多い。次いで、誓子と素十が七回、秋櫻子は六回を数える。

特に、昭和二、三の両年、四人が巻頭になったのは十七回もあり、虚子も四人の作品を高く評価していたことが分かる。

四Ｓ時代はいわば、虚子を頂点とした「ホトトギス」の黄金時代といってもいい。「ホトトギス」絶頂期の昭和三年当時、虚子は五十四歳だった。四Ｓの年齢は、誓子が一番年少で二十七歳。次いで、青畝が二十九歳。素十が三十五歳、秋櫻子三十六歳。「ホトトギス」の有力新人たちは二十代後半から三十代半ばの若さだった。

大阪の煙おそろし若布売　阿波野青畝（大一四・五）
なつかしや帰省の馬車に山の蝶　水原秋櫻子（同一四・七）
流氷や宗谷の門波《となみ》荒れやまず　山口　誓子（同一五・三）
まつすぐの道に出でけり秋の暮　高野　素十（昭三・一）

秋櫻子、「ホトトギス」離反

「四Ｓ時代」から約三年後の昭和六年（一九三一）。四Ｓの一人、秋櫻子が虚子に反発して、突然「ホトトギス」の元を離れ、自ら俳誌「馬酔木」を独立させるという近代俳句史上最大の事件が起きる。

当時、俳壇といえば、虚子を頂点とする「ホトトギス」を指していただけに、俳人たちの間に大きな衝撃が走った。「馬酔木」の独立は、いわば虚子の「花鳥諷詠」論を中心とする固定的な俳句作法の「足かせ」を解き、時代にふさわしい俳句革新の可能性を探るきっかけを作った。「ホトトギス」内部からの「ホトトギス」批判は例がなく、以後の俳壇に大きなうねりをもたらすが、秋櫻子の「ホトトギス」離反事件が、新興俳句運動の幕開けともなる。

しかし、なぜ、秋櫻子は虚子に反旗をひるがえすという思い切った行動に出たのか。その詳細は、秋櫻子自身の回想録「高浜虚子並に周囲の作者達」（昭二七）から推察することができる。

この回想録は、虚子に対する気持ちを率直に書いているようで、かなり痛烈な虚子批判といえる。一般には、虚子との俳句観の違いを上げられているが、師の虚子に対する日ごろの不満が鬱積していたことをうかがわせる。

「馬酔木」の前身の「破魔弓」

秋櫻子は「ホトトギス」離反当時、「馬酔木」の雑詠選に専念している。「馬酔木」の前身は「破魔弓」で、大正十一年、「ホトトギス」系僚誌として発行された。当初は東大俳句会会員の発表の場として、富安風生、山口青邨、高野素十らが参加する。だが、読者も二百数十人止まりで、なかなか増えないため、困った発行人の佐々木綾華は昭和四年二月、四Sの一人の有力新人、秋櫻子に雑詠選を依頼する。

新しい俳句の道を目指そうと意気込む秋櫻子は綾華の頼みを快く引き受け、「破魔弓」を、自作の「馬酔木咲く金堂の扉《と》にわが触れぬ」という句から「馬酔木」と改題。自らの俳句革新運動の拠り所にするため、評論や編集に没頭する。

虚子、秋櫻子句集「葛飾」批判

秋櫻子は、「馬酔木」雑詠選を担当した翌年の昭和五年、「馬酔木」発行所から第一句集「葛飾《かつしか》」を発刊した。当時、「ホトトギス」同人は、処女句集の場合はたいてい、虚子選を通った作品で編み、虚子の序文を飾るのが慣わしだった。

たとえば、阿波野青畝の第一句集「万両」(昭六)の場合、虚子は長文の序を書き、「(青畝は)俳諧王国の真中に安座」と称える。また、山口誓子の「凍港《とうこう》」(昭七)についても、「(誓子が俳句界を見捨てなければ)征虜《せいりよ》大将軍たらんとするもの」と最大の賛辞を贈っている。

これに対し、秋櫻子は虚子に序文を頼まなかった。「いくたびか考えたうえ、私はどうしても序文を乞う気にならなかった」（水原秋櫻子「高浜虚子」）。

結局、みずからペンを取り、虚子の客観写生批判ともとれるような俳句観を中心に、序文を書く。

つまり、「写生俳句の究極」に達するために取るべき態度として、「ただ無心に自然を描く態度ではなく、自然を描きつつも心をその中に移すことに苦心」すべきである、と。心を無にした自然描写の句作をへて、自分の心を調べの上に映し出す技巧を大切にするような句作態度に変えつつある、と句集の中の句を上げ、自句自解の長文を載せた。

序文の中で、秋櫻子が初期の頃の「無心の写生句」として上げているのは、

植ゑかへてダリヤ垂れをり雲の峰

や、ありて汽艇の波や蘆の角

最後に、「心を調べの上に表はさんかといふことに苦心した」句として、

葛飾や水漬きながらも早稲の秋

むさしの、空真青なる落葉かな

さらに「静か」で「明るい」作品を求めて「煩悶」した結果、

峠路のいづこか鳴ける囮《おとり》かな
柳《やなぎ》鮠《ばえ》蛇《じゃ》籠《かご》になづみはじみけり

虚子から序文を乞わなかった点に配慮して、「私は俳句修行の道に於て最も良き師と良き友達の多くを持つてゐた。此《この》集のうち少しでも価値あるものありとすれば、それは全く師友の賜《たまもの》である」と付け加えた。

句集は「三百部以上は売れないかもしれないが」と、五百部刷ったところ、四、五日で売切れという予想外の反響を集め、再版する。

しかし、虚子の反応は冷やかだった。

「ホトトギス」発行所で、虚子は「『葛飾の春の部だけをきのう読みました。その感想をいいますと……』ここで一寸《ちよつと》言葉をきったのち『たったあれだけのものかと思いました』」（水原秋櫻子「高浜虚子」）。

秋櫻子は「（この虚子の言葉は）客観写生に対する私の考えのちがい方、句評会の空気の息苦しさに対する反発――その他の積り積った結果だろうと考えられた」。

「（虚子は）『あなた方の句は、一時どんどん進んで、どう発展するかわからぬように見えましたが、この頃ではもう底が見えたという感じです』」。手厳しい批評が、師匠だった虚子から返ってきた。

秋櫻子、虚子に反旗

　虚子との感情的な溝が深まったところへ、秋櫻子にとって衝撃的な文章は、「ホトトギス」の昭和六年一月号から転載を始めた地方俳誌「まはぎ」の一文だった。中田みづほ、浜口今夜が対談した「句修行漫談」だが、三月号の三回目「秋桜子と素十」で、秋櫻子より素十の作品を高く評価する。

もちの葉の落ちたる土にうらがへる　　高野　素十
甘草《かんぞう》の芽のとび〳〵の一と並び
おほばこの芽や大小の草三つ

「私達はこれを『草の芽俳句』と言っていたが、みづほ、今夜の礼讃するのはこの草の芽俳句なのであった」（同）。
　ただ、素十の俳句を一口に「草の芽俳句」と片付けるのは異論があろう。「翅《はね》わつてて

「秋桜子と素十」を載せた
「ホトトギス」昭和6年3月号

んたう蟲の飛びいづる」「方丈の大庇より春の蝶」などは、山本健吉ら現代俳句関係者でも素十独特の自然凝視の姿勢を高く評価する。

　ともあれ、秋櫻子はこの漫談が当然、虚子が認めたうえで掲載されたものと判断し、ついに「ホトトギス」離別を決心する。

　その「反旗」は、「自然の真と文芸上の真」と名づけ、昭和六年十月号の「馬酔木」に掲載。虚子のいう「客観写生」、つまり「自然の真だけを追及したところで詩人たる資格はない」「心を養い、主観を通して見たものこそ文芸上の真」で、詩人の資格がある、といった厳しい内容を書き連ねた。

　秋櫻子は三十代最後の三十九歳の若さ。虚子は還暦を前にした五十七歳の円熟期だった。

「ホトトギス」を離れた秋櫻子は、「馬酔木」の発行に執念を燃やした。雑誌の体裁も句集「葛飾」を載せた昭和五年三月号では五十頁、秋櫻子選の雑詠欄は約二百三十人に過ぎなかったが、会員は急増する。

　秋櫻子の東大俳句会時代の後輩で、のちに「京大俳句」創刊に参加する中村三山宛ての手

「馬酔木」
表紙画・題字／山口華楊

紙が残っている。

「此頃は読者増加し、六月号は一部もなく（略）八月号から九〇ページの雑誌を出すことに決定」（昭七・六・二〇付）と喜びがあふれた文面である。

「馬酔木」は昭和十年代、日本画家の山口華楊《かよう》や徳岡神泉《しんせん》らの日本画を表紙にかざり、約百七十頁と厚い。雑詠欄は六百人を超え、華やかな時代を迎えた。

誓子も「ホトトギス」離脱

秋櫻子が「ホトトギス」を離れた四年後の昭和十年、今度は山口誓子が離れる。四Sのうち二人が去り、虚子の「ホトトギス」の城は、内部から崩壊を始めた。

誓子は、句集「凍港」（昭和七年）の序文に、虚子から「征虜大将軍」の名をもらった。だが、秋櫻子の誘いを受け、十年五月号から「馬酔木」に投句、「ホトトギス」を去る。「ホトトギス」雑詠欄を飾る誓子最後の巻頭句は、九年十一月号の五句である。

船ゆけり夏の島山を率《ゐ》てゆけり　　山口　誓子
南風やすゝむ前檣《ぜんしやう》綱を統《す》べ
船煙暑き大日輪隠る

籐椅子や海の傾き壁をなす

檣燈を夏の夜空にすゝめつゝ

こうした俳句革新ともいうべき斬新な表現は、すでに「ホトトギス」の狭い「花鳥諷詠」からはみ出すものだった。

誓子の「ホトトギス」離れに関連して、やはり中村三山宛ての秋櫻子に、こんな手紙がある。

「ホトトギスでは同人を無理矢理に作って、新樹集（注・「馬酔木」の秋櫻子選）へ出さぬやうに牽制したけれど、さういふ無理をするから、皆の心は却って馬酔木へ傾く。誓子君だってもう気持はホトヽギスから離れてゐる。僕は機会さへあったら誓子君に馬酔木へ来て貰はうと思ってゐる。さうして、それは決して不可能の問題ぢゃない」（昭九・八・一付、「中村三山遺句集」）。

30代の山口誓子

誓子が「ホトトギス」を去るのは、この手紙の約十カ月後だった。力強い仲間を迎えた秋櫻子は喜びを隠せず、「馬酔木」に、誓子選の雑詠欄「深青集」を新設する。この結果、若い人たちを中心に投句も急増する。

こうして、新興俳句運動は「馬酔木」を柱に、全国的に大きな広がりを見せる。やがて、昭和九年代、「ホトトギス」同人の吉岡禅寺洞《ぜんじどう》らが無季俳句容認論を展開するにつれ、新興俳句運動は有季、無季定型の二大潮流となる。これに、無季自由律派が加わる。秋櫻子、誓子らは有季定型を固持し、「京大俳句」は無季俳句を認め、新興俳句運動の先頭を走る。昭和九年三月、改造社から総合俳誌「俳句研究」が創刊され、「ホトトギス」などと同列に新興俳句を取り上げたため、俳句革新運動にも弾みがつき、新たな豊饒《ほうじょう》の時代を迎える。

第二章　新興俳句の金字塔「京大俳句」

京大三高俳誌「京鹿子」創刊

昭和六年（一九三一）、水原秋櫻子《しゅうおうし》の「ホトトギス」離反事件をきっかけに始まった新興俳句運動は、全国にまたたくまに広がった。とりわけ、大正から昭和初期にかけ、リベラルな風土に培われた京都、大阪など関西地方の俳人らは、新興俳句運動にもいち早く共鳴する。やがて、その中心として活躍するのが、昭和八年（一九三三）一月創刊の俳誌「京大俳句」の関係者だった。

「京大俳句」会は、神陵俳句会、京大三高俳句会（別名・三高京大俳句会）をへて、結成された。

まず、神陵俳句会は大正八年、京都の第三高等学校（旧制三高）の出身者や学生で結成され、京都帝大医学部出身の五十嵐播水《ばんすい》や三高在学中の日野草城《そうじょう》らが参加した。翌九年三月、

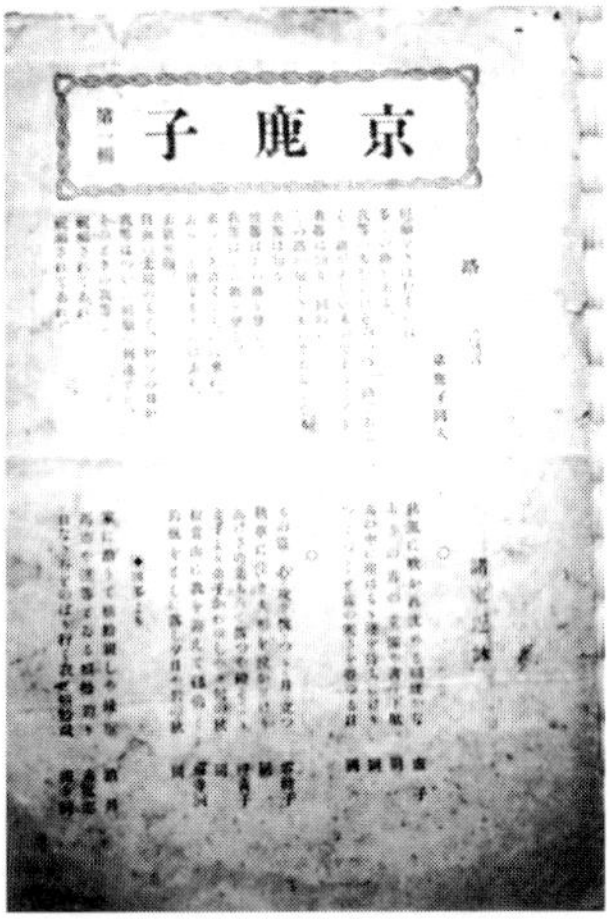

「京鹿子」創刊号

俳句会の名前を京大三高俳句会に改める。この年の夏、京都帝大文学部出身で、鹿児島の中学教師だった鈴鹿野風呂《のぶろ》が、京都武道専門学校の国語教授として京都に戻って来た。

野風呂を迎えた京大三高俳句会は、大正九年十一月、作品発表の場として俳誌「京鹿子《きょうかのこ》」を創刊する。発行所は「第三高等学校内　日野草城」とある。当時はまだ三高三年の草城が編集を担当した。創刊同人は草城、野風呂のほか、岩田紫雲郎、田中王城、高浜赤柿、中西其十。この六人の共選で雑詠欄を担当した。

学生の草城が俳句指導

「京鹿子」発刊当時、草城は野風呂とともに、虚子選の「ホトトギス」雑詠欄で、早くも注目されていた。年齢は、野風呂より一回り以上も年下だが、その早熟ぶりは虚子の目に止まる。三高時代の大正七年八月号で、早くも「驛の櫻燈火を得て汽車に近し」が初入選する。

草城が京都帝大法科へ入学してまもない大正十年四月号の「ホトトギス」に、八句が初めて巻頭を飾った。このとき、まだ十九歳。丹波の西山泊雲は当時、「ホトトギス」の巻頭俳人として注目を浴びていたが、四十四歳の年配。草城が「早熟の天才」と注目を浴びたのも無理がない。

牡丹や眠たき妻の横坐り　日野　草城

春雨や頰と相圧《お》す腕枕

星を消す煙の濃さ見よ夕野焼く

一句目の「牡丹や眠たき妻の横坐り」。あでやかな牡丹の花を前に、妻がものうげに体を崩している姿を詠んでいるが、もちろん、フィクション。草城が結婚するのは昭和六年（一九三一）二月四日である。結婚三年後に発表の「けふよりの妻《め》と来て泊《は》つる宵の春」など、センセーションを巻き起こした連作「ミヤコ・ホテル」をほうふつとさせる。

草城のように、三高出身者で、のちの俳壇で活躍した人も多い。ちなみに、山口誓子は平畑静塔句集「月下の俘虜《ふりょ》」（昭三〇）の序でも取り上げている。

三高同窓会の名簿を開けてみる。（卒業した年は）大正八年が五十嵐播水、大正十年が日野草城、私がその翌年（略）、大正十四年が赤坂藤園、井上白文地、中村三山、この三人はクラスを同じうした。大正十五年が柴田水鴎《あ》、井上北人、平畑静塔、あとの二人は同じく理科の出身であった。遅れて昭和三年に長谷川素逝。大正後期から昭和初期にかけ、三高出身者で新興俳句運動に手を染めた人たちが続出したことがよく分かる。

野風呂主宰誌に「京鹿子」

京大三高俳句会の運営で注目されるのは、市井の人たちも参加した点である。「ホトトギス」同人の田中王城は骨董商で、創刊当時から加わった。職種や学歴、地域にこだわらず、広く門戸を開放したあたりは、後の「京大俳句」にも引き継がれる。やがて「京鹿子」に、東京の水原秋櫻子や富安風生らも参加する。昭和初め、同人は四百人にも達し、関西の「ホトトギス」系俳誌として一大勢力にまで発展する。

「京鹿子」の雑詠欄は当初、同人六人の共選。だが、同人が増え、運営しにくくなったため、昭和五年十二月号から創刊同人の野風呂、草城、播水の三人選となる。

突然、昭和七年一月号から野風呂の単独選に変更される。十月号で、「同人制の廃止」と、「野風呂の個人経営の雑誌として続刊」という「組織変更」が発表された。十一月号から野風呂の主宰誌に変わった。

虚子は、再スタートの「京鹿子」への祝意をこめるかのように、翌八年十二月号の「ホトトギス」で、野風呂の作品を巻頭に飾った。

草庵の四方の窓なる柿の秋　　鈴鹿野風呂
柿熟れて遠近《をちこち》の友来るもよし
名月のあたりに星を近づけず

若手で「京大俳句」創刊

「京鹿子」が鈴鹿野風呂の主宰誌になるまでは、同人に井上白文地、中村三山、平畑静塔、藤後左右、長谷川素逝、野平椎霞、瀬戸口鹿影らが加わっていた。だが、野風呂の単独選が決まると、そろって退会し、翌八年一月の「京大俳句」創刊に加わる。つまり、「京大俳句」創刊の面々は、いずれも「京鹿子」で育った人たちだった。

「京大俳句」の中心メンバーは京都帝大卒業の平畑静塔（医学部）、藤後左右（同）、井上白文地（哲学科）、長谷川素逝（国文科）。東京帝大からは「結核で六、七年在学」（平畑静塔）したという中村三山（法学部）。年齢は、左右が二十五歳、素逝二十六歳、静塔二十八歳、白文地二十九歳。三山が一番年上といっても三十一歳の若さ。

創刊当時の「京大俳句」は、初期の「京鹿子」の編集方針を踏襲している。誌名に「京大」をつけているが、京大関係者にこだわらず、全国各地の人に参加を呼びかけた。この点も、「京鹿子」とよく似ている。

主宰を置かず、同人、つまり会員が交代で企画、編集をした。「ホトトギス」など多くの俳誌のように、主宰を頂点とした結社制ではない。会員による運営で、リベラルな編集方針は当時の俳壇ではほとんど例がなく、画期的といえる。

さらに、雑詠欄は指導格の顧問だけでなく、主要会員も選に当たった。会員の自由な作品発表欄（のちに準会員作品欄）を設けた。作品評は、「ホトトギス」や「馬酔木」、自由律の俳誌など俳壇全般の作品を対象にした。評論は他誌の俳人にも依頼した。

意気軒高に創刊宣言

創刊号は昭和八年一月、「京都帝大病院小児科前　名古屋館」から発行。編集兼発行人は平畑富次郎（静塔）。五十頁。特価二十五銭。

表紙に、目次を載せる。その裏に、顧問五人、賛助員三十七人、研究会員（同人）十四人の名前を上げる。

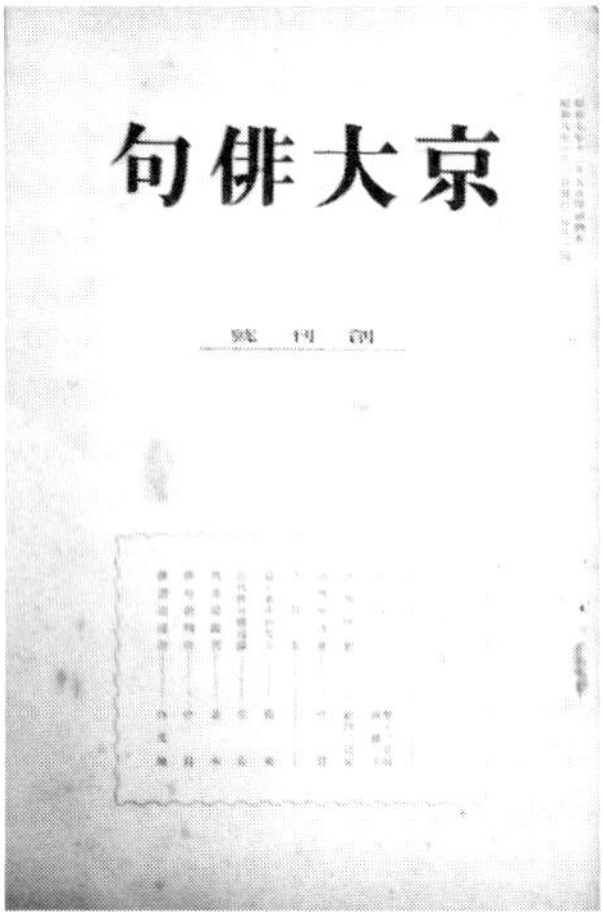

「京大俳句」創刊号

顧問は、「京鹿子」主宰になったばかりの鈴鹿野風呂。「京鹿子」の指導者格だった日野草城と五十嵐播水。「ホトトギス」雑詠欄でたびたび巻頭を占め、第一句集「凍港」を出してまもない新進気鋭の山口誓子。虚子とたもとを分かち、「馬酔木」を独立させた水原秋櫻子。いわば、俳壇の呉越同舟の指導陣を擁し、そうそうたる顔ぶれ。

巻頭に掲げた「宣言」は、いかにも若者らしく、ややきおい立ち、はつらつとした内容。

　新たに俳壇へ贈るこの京大俳句は、幾多先人の濺《そそ》ぎ遺《のこ》せし血潮を承《う》けて、純真無垢なる我等が青春の脈血《みやつけつ》の、迸《ほとばし》り出でてなせる一渓流なのである。

　かるが故に（注・それゆえに）、苟《いやし》も俳諧国を遊行《ゆぎよう》する者は、この清浄なる渓流に、全く無関心ではあり得ないであらう。或者《あるもの》は之《これ》を避け、或者は之を探り、また或者は之が一滴を以て俳諧修行の甘露となすであらう。

　我等はそのいづれの人に対しても揚言《ようげん》せむ。ただ希《ねが》くば之を以《もつ》て、永遠に俳諧国の灌《かん》漑《がい》をなさんのみと。

「宣言」は、井上白文地が書き上げた。「京大俳句は、我等の青春の血がほとばしり、渓流である」と、意気盛ん。「永遠に俳諧国の灌漑をなさん」と、活動は一俳誌にこだわらず、俳壇全体に影響を及ぼしたい、と格調高くうたいあげている。

「宣言」に続いて、顧問らの感想を載せる。秋櫻子は「論戦こそ現今の俳句を救ふ唯一無二の方法」と、俳句論をけしかける。

誓子は「私の近代俳句主義的傾向は、伝統的俳句主義者から毛嫌ひされ、異端視された。然《しか》しながら、現在に於けるホトトギス俳壇の主流は、近代俳句主義ではないか」と、自らの俳句を「近代俳句主義」としたうえで、「理論は作品を追跡すればいい。作品第一、作品第一」と。理論よりもまず実作が大切と訴える。

「ホトトギス」の十一月号雑詠研究会の記録は、松尾いはほ、阿波野青畝らによる合評である。

創刊号は反響を集め、印刷した千部のほとんどを売り尽くすという好調な滑り出しだった。

選者多彩の雑詠欄

「京大俳句」で特筆すべきは、一般購読者向けの雑詠欄に、「誌友俳句」と「特別雑詠」の二つを設けている点である。

「誌友俳句」は二号からスタート。会員（同人）の井上白文地、平畑静塔、藤後左右、中村三山、長谷川素逝、瀬戸口鹿影、野平椎霞らが毎月交代で選者を務めた。投句は選者を指名し、一人五句ずつ出句。「誌友俳句」は昭和十一年一月号から「三角点」と改名。選者に、西東三鬼、杉村聖林子、和田辺水楼、岸風三楼、渡辺白泉、石橋辰之助、仁智栄坊、三谷昭、波止影夫ら東西の有力俳人多数を擁し、人気を集めた。

一方、「特別雑詠」は、選者に顧問の野風呂、草城、播水、いはほ、秋櫻子、誓子、禅寺洞の七人を委嘱、交替で選をしてもらった。

選者別に、巻頭句を二句ずつ並べてみたい。

日野　草城選

ストーブや流行れる姉妹喫茶店　　井上草加江

ストーブに膝つきよせて男女かな

松尾いはほ選

新しき汽車も通じぬ梅も熟れ　　井上白文地
山吹にはなればなれの我等かな

山口　誓子選

寄宿舎に夕日が射せり苜蓿《うまごやし》　　多賀九江路
寄宿舎の窓の下道苜蓿

水原秋櫻子選

夕立や夜のしづけさに胡弓弾く　　村川　真琴
相思樹にはじまるけふの蟬時雨

五十嵐播水選

夜のまちネオンの紅《あか》に梅雨やまぬ　　和田辺水楼
水あびの男のまつげぬれてゐる

鈴鹿野風呂選

野菊みちあす東京へ嫁く友と　　櫻井　節子
野菊みち二人ならべばふみもして

吉岡禅寺洞選

汽車の噴く入庫のけむり鶏頭に　　喜多　青子

いわし雲少女が拭ける窓にうつる

こうして並べてみると、選者によって選句にも特色があり、投句者もほかの俳誌に見られない魅力を感じたに違いない。草城、誓子、野風呂は、連作俳句（同じテーマの俳句を並列する方法）を選んでいる。誓子は「私はかなり厳しい選をした」とし「世上滔滔《とうとう》として行はるる『伝統の選』『経営の選』『情実の選』を排除した」と。選者らも新鮮な句を選ぶのに心を砕いた。

杉田久女が寄稿

「京大俳句」は雑詠欄を充実させた一方、俳句評論、合評、知名者の寄稿にも力を入れた。合評会は「雑詠研究会」の名前で、たびたび開催。「ホトトギス」をはじめ、「馬酔木」「天の川」などの俳誌を取り上げた。とりわけ、編集者の平畑静塔は健筆を振い、秋櫻子俳句などについても盛んに論評を加えた。

創刊から約三年間は、他の結社の俳人の寄稿が多い。「ホトトギス」同人の杉田久女もその一人。

「句妹（中村）汀女《ていじょ》氏を語る」（昭九・一〇）など、エッセー二本と作品を一回寄せる。久女は昭和十一年、虚子から日野草城、吉岡禅寺洞とともに「ホトトギス」同人を除名される。その原因の一つとして「京大俳句」に寄稿したせいとの見方もあるが、内容から見て特に除名と関係があったとは思えない。

作品は昭和八年九月号に、山口波津女《はつじょ》（誓子夫人）の作品と並べ、六句掲載。

ふみならす帰省の靴はハイヒール　杉田　久女

帰省子の我に土産は描きし壺

昭和九年一月号には、諸俳誌推賞作品として、「山茶花」（皆吉爽雨《みなよしそうう》）、「かつらぎ」（阿波野青畝）、「辛夷」（前田普羅）、「蘆火」（後藤夜半）など「ホトトギス」系俳誌の句をずらりと並べ、さながら総合俳誌の様相を見せる。

人気抜群の誓子選「連作俳句」

誓子は三高以来、京大三高俳句会に籍を置き、進学した東京帝大では虚子に師事。秋櫻子、富安風生らと東大俳句会を復興させ、昭和四年、二十八歳で「ホトトギス」同人に推される。昭和七年出版の処女句集「凍港《とうこう》」に、「征虜《せいりょ》大将軍たらんとするもの」との虚子の高評の序文をもらい、俳壇の表街道を歩き始める。注目の人気俳人として新聞、俳誌から多数の原稿を依頼されていた。

しかし、強度の近視のうえ、体調も悪く「疲労困憊《こんぱい》終に其の極に達し」（「京大俳句」昭九・二）と、阿波野青畝主宰の「かつらぎ」を離れ、「京大俳句」一本に絞る。

当時、誓子は、連作俳句を重視し、句集「凍港」の跋で、こう書いている。「多くの場合連作の形式によって、新しい『現実』を、新しい『視覚』によって、新しい『俳句の世界』を構成」することにある、と。

この俳句論を基に、さっそく「京大俳句」（昭九・二）で、「地図なき作戦計画」と題して展開する。

「京大俳句」は誓子の意向に沿って、誓子選の連作雑詠欄「連作地帯」を、昭和九年六、九月号と、十年一月号の三回設けた。

最初の「連作地帯」には十四人の作品を掲載。巻頭は井上白文地の「天人遊楽之図」。

花の上に天の鼓の鳴りいでぬ　　井上白文地
春の雲あまたの天女笙を吹き
天人の裳や春の雲となり

白銀の散華《さんげ》ひらめく花の上

この作品について、誓子は「非現実であつて、現実であるといふ極どい世界を描いてゐる」と書き「之はまさしく詩の世界」と評価する。

こうした幻想的な作品とともに、誓子は社会性のある句も選んでいる点が注目される。昭和十年一月号の巻頭の萬田櫻桃子（松山）の「深夜譜」はその一例といえる。獄中の囚人を詠み、従来の花鳥諷詠では考えられない素材で、誓子はあえて巻頭に据えたのであろう。

寒燈や看守は靴の音を刻む　　萬田櫻桃子
囚徒いね寒燈くらく窓を切る
寒燈や囚徒の寝顔蒼白き
寒燈や囚獄は深き寝にしづむ
寒燈や夜雨が簷《のき》をうてるのみ

誓子の「社会性ある俳句」

大正末期から昭和初期にかけ、わが国は大恐慌に陥り、労働争議、農民運動など社会運動が続発し、政府の取締りはますます強化されていた。大学でも、マルキシズムの影響で学生運動が高まり、京都帝大などでも多数の学生が検挙された。

しかし、誓子本人は、こうした社会的な問題に関心を払いながらも、俳句では単なる素材に過ぎなかった。冷淡ともいうべき誓子の「社会性ある俳句」について、平畑静塔は「京大俳句」（昭九・一二）で、「ある関心」と題し、興味深い評論を書いている。

静塔は、「社会性」について、「左翼イディオロギーの問題」だけにせず、「社会意識」や「社会への関心」も含めた「近代文化社会」と定義づけたうえで、誓子俳句の社会性を分析する。

まどろすが丹の海焼けや労働祭　山口　誓子
メーデーは夏祭かと子の待てる
暖房や株主集ふ椅子を置く
ルンペンの春とて街の河青む
ストーブを焚きてマルクスを口にせり
マルクスを聴きて膝頭《しつとう》冷えまさる

大正十五年の「労働祭」から最近の作品まで紹介し、静塔が五つの結論を上げる。まず、「社会人山口新比古氏（誓子の本名）」の思想は不明だが、「誓子作品は何等のイディオロギーをも含まない」と、誓子の思想と作品は別としている。

また、「社会性ある題材を、客観描写を以て処理してゐる（のは）、実に賢明な危険性の少い態度ではある」。

昭和三年、社会運動を厳しく取り締まる「治安維持法」が改正、強化された。「言論の牢獄」時代に入っていただけに、静塔も神経を使って書いていたことが想像できる。ただ、静塔も本文中に書いているように、誓子は「大財閥住友王国の労働課社員」で、「対立した階級思想には、意識的に身を置かない誓子氏」なればこそ、メーデーやマルクスも単なる素材として句に詠めたといえるだろう。

静塔が、誓子の「社会性ある俳句」を取り上げた時代は、共産主義運動だけでなく、自由主義思想までを危険思想とみなす空気がますます強まっていた。

京都では昭和八年（一九三三）五月、学問の自由を守る最後の抵抗とされる「京大滝川事件」が起き、大変な騒ぎとなった（第五章・付記２「京都と治安維持法」参照）。

軍部・右翼を前面にした政府と文部省（文部大臣鳩山一郎）が、京大法学部滝川幸辰《ゆきとき》教授の刑法学説を反国家的とみなし、「赤化教授」「危険思想を持つ教授」と非難し、辞職を勧告した。これに対し、法学部教授団と学生が大学の自治、思想、学問研究の自由を守るために抵抗した。
運動は結局、押しつぶされたが、思想の自由を尊ぶリベラルな考え方は学内だけでなく、関西では根強く残る。「京大俳句」関係者も例外ではない。誓子の「社会性ある俳句」論にも影響され、社会批判をこめた俳句を盛んに作り始める。

改造社「俳句研究」創刊

「京大俳句」創刊一年後の昭和九年三月、改造社から初の総合俳誌「俳句研究」が発刊された。「ホトトギス」の伝統俳句系と、「京大俳句」など新興俳句系の俳人を対等に扱い、新興俳句運動に拍車をかけることになる。現代、総合俳誌は多いが、戦前の総合俳誌としての「俳句研究」の存在意義は極めて大きい。

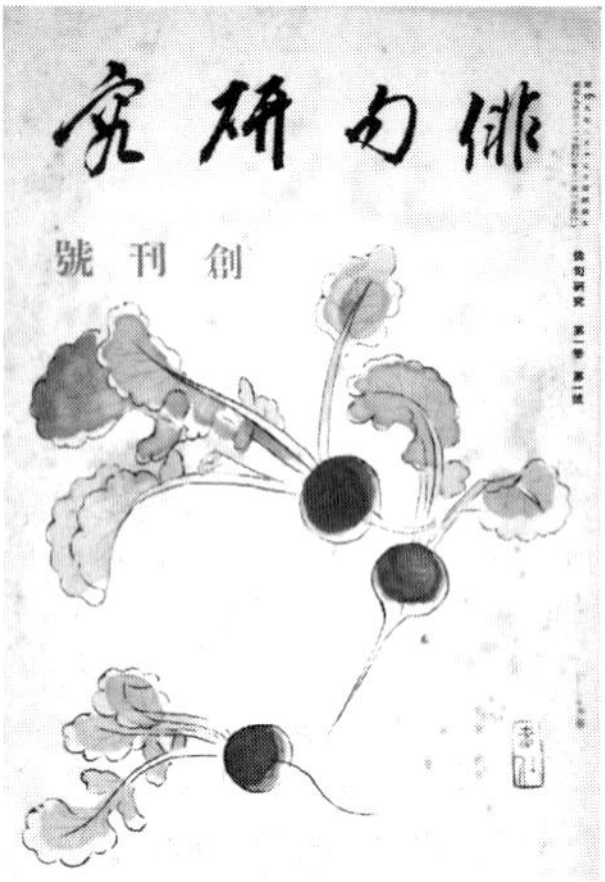

「俳句研究」創刊号

内容は、古典俳句をはじめ、「ホトトギス」、自由律俳句、文人俳句、新興俳句と、新旧の俳壇を網羅している。創刊号は表紙に日本画家土田麦僊《ばくせん》の絵を飾り、なかなか華やか。頴原《えばら》退蔵、阿部次郎、寒川鼠骨《さむかわそこつ》、河東碧梧桐、荻原井泉水《おぎわらせいせんすい》、水原秋櫻子、室生犀星《さいせい》ら約百人もの文章、俳句を掲載。二百四十二頁の堂々とした体裁。

「俳句研究」は、無季俳句や連作俳句、のちには戦争俳句、人生探求派など、さまざまな観点から編集をし、好評を集めた。

一方、「京大俳句」も、「俳句研究」掲載の評論や作品を盛んに取り上げ、論評した。

こうした俳句革新運動に寄与した「俳句研究」は、出版元の改造社が、太平洋戦争時の最も非道とされる言論弾圧事件「横浜事件」に連座、解散に追い込まれた。このため、俳誌も昭和十九年六月、廃刊となった（第七章・付記３「横浜事件」参照）。

誓子「京大俳句」離脱、「馬酔木」へ

若い人たちにとって人気の的だった誓子は、昭和十年四月、肋膜炎に急性肺炎を併発し、一時重態に陥る。第二句集「黄旗」を出版した矢先だった。かろうじて、一命を取り止めたあと、昭和四年十二月以来の「ホトトギス」同人をついに辞退する。同時に、以前から秋櫻子に誘われていた「馬酔木」に加盟する。併せて、有季定型を固守する立場から、無季容認派が増加した「京大俳句」とついにたもとを分かつ。創刊以来の顧問も辞めてしまった。

虚子は昭和十一年十月、「ホトトギス」同人の日野草城や吉岡禅寺洞、杉田久女を破門にするが、この当時の人気俳人・誓子の脱退も虚子にとっては、大きな痛手だったに違いない。誓子が、「京大俳句」に載せた作品は、連作「生めよ殖えよ」(昭一〇・三)。このタイトルは、太平洋戦争時代の「生めよ増やせよ」の標語とよく似ており、女体を神秘化して詠んでいる。

秋の夜に横たふは女體のみなりき　　山口　誓子
秋の夜を生れて間なきものと寝る
秋の夜の母體と嬰児《えいじ》同じ向きに
秋の夜の病舎男をつひに見ず

誓子が、「京大俳句」の指導を辞める直前、井上白文地に宛てた手紙(昭一〇・三・一二付)が残っている。

御見舞を感謝致します
病中にいろ〳〵と考へるのはいけない事と知りつつ　いろ〳〵の事を考へながらぢつと安静を保つて居ります
さて　突然ながら　小生感ずるところあり　京大俳句に於ける小生の位置を後方に退か

しめ　旧の如く平顧問にかへる事を御許し願ひます
熟考の上の事ですからどうか御ゆるし願ひます
右の旨　静塔　左右　両兄にも御つたへ置き願ひます

この手紙を受けて、「京大俳句」（昭一〇・五）は、「山口誓子氏は本誌顧問を退かれ、新たに会員となられました」の案内を載せる。

手紙にある「小生感ずるところあり」は、何を意味しているのだろうか。

反「ホトトギス」の立場で、新興俳誌に加わる俳人の間では当時、無季俳句を容認する空気が強くなる。「京大俳句」でも同調する風潮が高まったため、「俳句は有季定型」とする誓子は、有季定型派の秋櫻子の「馬酔木」に参加したとの見方が強い。事実その通りであろう。

松井利彦は「昭和俳壇史」の中で、誓子の「馬酔木」加入によって、新興俳句運動は二つの流れに分かれた点を指

左から山口誓子、水原秋櫻子、石橋辰之助、
橋本多佳子、桂樟蹊子（昭和10年頃）

摘している。

つまり、「誓子の『馬酔木』加入ということは、俳壇的には無季定型俳句奔流に対し、有季定型を守り通そうとする二人の作家の結びつきということであり、これを期として新興俳句運動は無季定型の流れ、有季定型の流れに明らかに分けられる」と。

三山、「馬酔木」に参加せず

誓子の「ホトトギス」の離脱と「馬酔木」加盟は、秋櫻子自身がかなり前から予想していた。前に紹介した中村三山宛ての手紙（昭九・八・一付）にもあるように、秋櫻子が、手紙に自分の気持ちを一番率直に書いていたと見られるのは、この三山だった。

三山は、秋櫻子だけでなく、虚子からも目をかけられる。また、「京大俳句」の創立会員として新興俳句の俳人らとも交流を深める。京都の三高を出たあと、京都帝大法学部に入るが、肺結核で中退。東京帝大法学部に入り直すが、やはり病気が治らず中退。東大在学中、虚子指導の「ホトトギス」句会に顔を出し、秋櫻子とも知り合う。療養先の和歌山で俳誌「牟妻《むろ》」を主宰。秋櫻子から「馬酔木」同人を何度も勧誘されるが、「京大俳句」の編集に専念する。

「京大俳句」が新興俳句の一翼となり、無季に賛し、戦争時代に入って、三山の俳句は、我等の中でも最も先鋭となってゆくのである。（『中村三山遺句集』から平畑静塔「挨拶の序」）

三山は、「ホトトギス」系の伝統俳句と「馬酔木」、さらに新興俳句の「京大俳句」の間に揉まれ、苦悩する。最後は、リベラルな無季俳句に熱中し、弾圧される。大戦前、三山のような道を選んだ俳人は少なくない。

無季俳句容認強まる「京大俳句」

誓子が「馬酔木」に加わり、「京大俳句」から離れたのは、無季容認論が強くなったためだが、その有季定型論は俳句同様に明快である。たとえば、無季容認派の日野草城との論争では。

俳句に踏みとどまる限り、季と十七音の伝統を生かし、この伝統を輝かすこと以外に俳句の正当なる発展はないとするのが私の立場である。『俳句を詩に』ではなく『俳句に詩を』の立場である。（「セルパン」昭一一・一一）

無季俳句論は、明治末期から大正初めにかけて、河東碧梧桐、中塚一碧楼《いっぺきろう》、荻原井泉水らによる新傾向俳句運動の中で試みられた。「無中心」の散文的な表現を重んじ、季題軽視の方向に向かった。

しかし、新興俳句運動は、虚子の花鳥諷詠の客観写生に反発し、風俗や時事、社会事象など新素材を求めて詠んだことから、次第に季語不要論に傾く。

「京大俳句」で、無季俳句運動を積極的に進めたのは、特別雑詠選者を務めた吉岡禅寺洞。主宰誌「天の川」（昭八・二）で「俳句は十七字詩である」と、早々と無季俳句を提唱する。「俳句は季感、季題が第一義でなく、十七字が基で、生活を詠う必要が今日はある。季は絶対ではない」「俳句は強靱な詩である」（昭一〇・四）とも説き、無季俳句欄を設けた。

同じく「京大俳句」の顧問だった日野草城。主宰誌「旗艦《きかん》」（昭一〇・一創刊）で、季にこだわらない「超季俳句」論を主張する。こうした無季俳句運動の中で、禅寺洞に師事した篠原鳳作《しのはらほうさく》（旧号雲彦）は詩情性豊かで、新鮮な作品を発表し、多くの人たちの心をとりこにした。

しんしんと肺《はい》碧《あを》きまで海のたび　　篠原　鳳作
あぢさゐの花より懈《たゆ》くみごもりぬ

白文地、無季俳句容認論を展開

無季俳句に対し「京大俳句」の会員の意見は当初、さまざまだった。昭和十年六月号に吉岡禅寺洞の無季俳句をめぐって、岸風三楼、野村柊雨、瀬戸口鹿影の対談を載せているが、「俳句的なる無季の十七字の存在」を認めるとしたのは鹿影だけだった。

さらに、同年八月号で、長谷川素逝は「俳句の宿命」と題し、無季俳句を厳しく批判する。結局、素逝は翌年四月、「京大俳句」を去ることになる。

しかし、無季俳句容認論の共鳴者は次第に増え始める。論客の井上白文地は同年十月号と十二月号で「天の川」の無季俳句を取り上げ、篠原鳳作の無季連作を改めて、高く評価した。

　くれなゐの頰のつめたさぞ唇づくる　　篠原　鳳作
　そのゑくぼ吸ひもきえよと唇づくる
　くちづくるときひたすらに眉長き

こうして、白文地は「京大俳句」（昭一一・一、二、四、八）で、無季俳句容認論「季の問題」を展開し、誓子の季語必要論を痛烈に批判した。

「十七音に絶大なる愛着を感じ、又季物（季語のこと）に対して絶大なる愛着を感じ、而して、この両者の歴史的な結合に対して絶大なる愛着を感じてゐる」（「胴体の言葉」）との考えに対し、「十七音と季物との結びついたものを、後生大事にいぢくつてゐることこそ、なんだか骨董趣味に思はれてならない」。

かなり手厳しい表現である。無季俳句論が高まるにつれて、「京大俳句」は、有季定型一辺倒から、無季定型、無季自由律と、自由な新興俳句運動を展開した。

第三章　新興俳句運動のうねり

無季俳句急増の「京大俳句」

新興俳句運動の雄と目された山口誓子が、大病後の昭和十年（一九三五）五月、有季定型固守の水原秋櫻子の「馬酔木」に参加して以来、「京大俳句」は、井上白文地《はくぶんじ》、平畑静塔《せいとう》らを中心に、無季俳句容認の空気が一層強まった。

誓子は、「馬酔木」参加と併せ、「京大俳句」の顧問を退き、一会員となり、十年六月号から会員欄に作品を発表する。十一月号の連作「日に焼けし人體」（五句）、続く十一年二月号の「感冒数章」（四句）が最後だった。「日に焼けし人體」は、日に焼けた体を機械的に分解、表現した誓子俳句独特の表現である。

日焼けたり油を赭《あか》き髪《け》に塗らむ　　　山口　誓子
日焼けたり人體は左右均整に

日焼けたり胴體永く肢みぢかく

誓子の顧問辞退とともに、「京大俳句」会員らの無季俳句は増え始める。昭和十一年一月号には、出句者十五人のうち、無季も交えた作品を出したのは平畑静塔、清水昇子《しょうし》、井上白文地、西東三鬼《さいとうさんき》の四人。

ホスピタル鏡を朝な女《め》のみがく　平畑　静塔
ホスピタル算盤はじく夜を灯り
数々のちい《ママ》さき靴の破れし踏む　清水　昇子
闇透る妻子のねがほ濡れてゐぬ
青白き生涯にして吾が恃《たの》む　井上白文地
山の秀《ほ》に町あり温泉を噴き出せり
くらき人木馬と老いてうづくまる　西東　三鬼
のがれゆく木馬の影を影が追へる

大半の作品は、憂愁に満ち、ニヒリズム的で、デカダンスの世界を詠んでいる。このとき、三鬼、昇子は三十六歳。白文地三十二歳、静塔三十一歳、とそろって三十代。青春を遥かに過ぎ、自立の年代だが、句にはどこか虚無的な雰囲気がただよう。有季より無季の方が、自分の世界を詠むのにはふさわしいという考えで、三鬼の「のがれゆく木馬の影を影が追へる」などは、まさに時代の暗い影を思わせる。

日中戦争の激化に伴い、共産主義者だけでなく、信仰、表現の自由も厳しい取締りの対象にされている。京都府綾部、亀岡の大本教が不敬罪、治安維持法違反で解散命令が出され、本部・墓地などが強制破壊されたのもこのころである。巷で、はやっていた渡辺はま子の「ねぇ忘れちゃいやよ」の「ねぇ」の鼻声が「扇情的である」という理由で、レコードが発売禁止にされた位だった。

誓子、ユーモア交え新興俳人分析

新興俳句運動は昭和十年代、秋櫻子の「馬酔木」人気に続き、新たな展開を見せ、全盛期を迎えた。

十年から十三年にかけて、季語固守派の「馬酔木」に対立する形で、無季推進派の俳誌が次々と発刊され、季語の有無をめぐり、活発な論議が展開される。

十年代の新興俳句運動について、山口誓子が分かり易く、ユーモラスに紹介した「新興俳壇人縦横記」（昭和一一・五「大阪毎日新聞」）がある。

誓子の文章から――。

新興俳句にはまず、「歴史派」があり、「季に意味がある以上『季を守れ』」と主張する。誓子自ら加わる「馬酔木」で、評論家としては加藤楸邨。俳人では軽部烏頭子《かるべうとうし》、滝春一、篠田悌二郎《ていじろう》、石橋辰之助、石田波郷、百合山羽公《ゆりやまうこう》、橋本多佳子らを上げている。このうち、辰之助は一年後の昭和十二年五月、「馬酔木」を離れ、「京大俳句」に参加した。

次に、「無季容認派」。「『季を守れ』『季を外せ』と主張する変通自在な流派。これは明らかに煮え切らない日和見主義」。東京の「句と評論」（松原地蔵尊主宰、のちに「広場」と改題）で、湊楊一郎、藤田初巳のほか、「新人作家には飛び抜けて新鮮な渡辺白泉、小沢青柚子」。

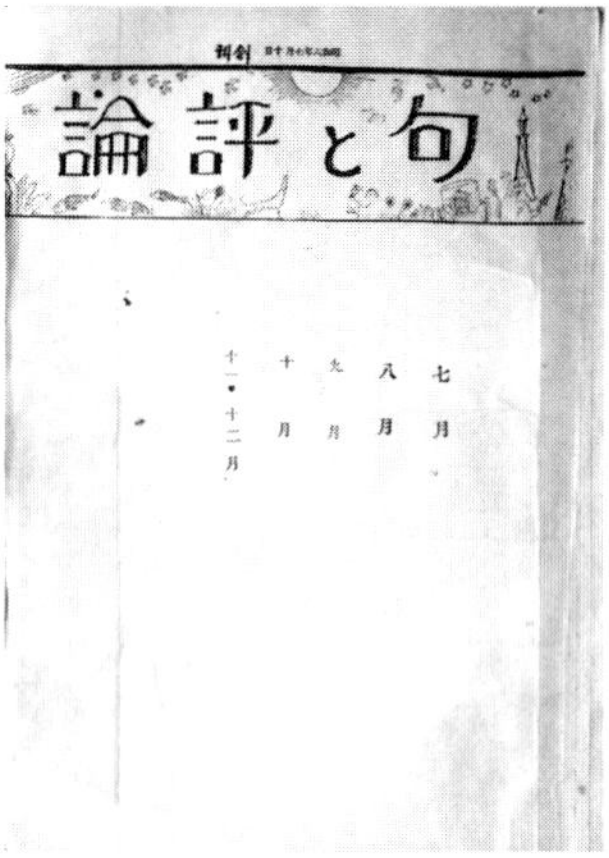

「句と評論」創刊号

「思ひ切つて『季を棄てよ』」と主張する「超季感派」は、福岡の「天の川」（吉岡禅寺洞主宰）。「俳閥として今日の大をなしたゆゑんのものは横山白《はっ》虹《こう》に負ふ」。中堅に棚橋影草、北垣一柿《いっし》。古くは内田慕情。新しくは、篠原鳳作、西東三鬼。

別に、「超季感派」は、大阪の「旗艦」（日野草城主宰）で、水谷砕壺《みずたにさいこ》、笠原静堂のほか、新人作家の井上草加江《くさかえ》、片山桃史《とうし》、富沢赤黄男《かきお》。

このほかの新興俳誌として、「土上」(嶋田青峰主宰)、「火星」(岡本圭岳主宰)などを上げている。

かつての古巣、「京大俳句」にも触れる。「クラブ組織である。従って一定の主張はない」。「京大医学士平畑静塔、藤後左右、京大文学士井上白文地、和田辺水楼が活躍し、東京から三谷昭が応援」する。「作家として信頼できるのは、中村三山、多賀九江路」と、二人を誉める。

人気抜群の草城主宰「旗艦」

山口誓子が「超季感派」として、「天の川」(吉岡禅寺洞主宰)とともに上げた「旗艦」(日野草城主宰)は昭和十年一月、「青嶺」「ひよどり」「走馬燈」の三誌を統合して、大阪で創刊された。

草城は、有季定型の「ホトトギス」同人として籍を置くかたわら、虚子の意に反して、大胆にも無季俳句容認の俳誌を発刊した。

その創刊号に、草城は高らかに「宣明《せんめい》」を掲げる。

旗艦ハ凡《スベ》テノ艤装《ギソウ》ヲ了ヘ茲ニ進発セントス。吾人ハ新精神ヲ奉ジ、自由主義ニ立場ヲトル。ソノ使命トスルトコロハ、陳套《チンタウ》ノ排除、詩霊ノ恢弘《クワイコウ》ニ在リ。俗流ノ手ヨリ俳句ヲ奪還シ、以テ純正ナル文芸的発展ヲ作品ト理論トノ上ニ実現セシメンコトヲ期ス。

自由主義の立場。陳腐さを除き、詩情を拡げるのがねらいと書く。「俗流の手から俳句を奪還」という「俗流」は、取りも直さず、「ホトトギス」を指し、虚子の花鳥諷詠主義からの脱却を目指した。

折しも、草城俳句が人気を博していた時期だけに、新鋭、若手が続々と加わった。のちに、句集「天の狼」（昭一六・八）を出し、異彩を放った富沢赤黄男。さらに、西東三鬼、安住敦、片山桃史、神生彩史《かみおさいし》、水谷砕壺、喜多青子、清水昇子、井上草加江、中田青馬ら多士済々の新興俳人を擁し、新興俳句推進の「旗頭」ともなる。

反社会的で、虚無的で、ロマンチシズムの匂いを放つ作品が誌上を飾る。

三日月よ煙を吐かぬけむりだし　富沢赤黄男
陽だまりにおれば内閣倒れけり
戛々《かつかつ》とゆき戛々とゆくばかり
夢青し蝶肋骨《ろっこつ》にひそみゐき　喜多　青子

なんといふこひしさ魚を焼いてゐる　安住　敦
白馬を少女瀆《けが》れて下りにけむ　西東　三鬼
花ぐもり人間赤くうまれたり　井上草加江

新興俳誌、続々創刊

一方、「旗艦」と並ぶ「天の川」（吉岡禅寺洞主宰）は大正七年七月、「ホトトギス」系俳誌として出発。九大俳句会のメンバーを中心に新興俳句運動に加わる。昭和十年四月号から無季俳句欄を設け、横山白虹、篠原鳳作らが多彩な活躍を見せる。三鬼はこの当時、「京大俳

「天の川」創刊号

岡本圭岳主宰「火星」

句」だけでなく、「旗艦」「天の川」にも加わり、詩情性のある作品を精力的に発表し、注目されるる存在となった。

水枕ガバリと寒い海がある　西東　三鬼

赤ん坊の蹠《あうら》まつかに泣きじやくる　篠原　鳳作

山口誓子から「季語をめぐって態度が決まらず、日和見主義の無季容認派」と名指しされた「句と評論」。昭和六年七月、松原地蔵尊《じぞうそん》（選者）、藤田初巳《はつみ》（編集）、湊楊一郎《みなとよういちろう》らが創刊。のちに、渡辺白泉、細谷源二（別号・碧葉）、中台春嶺《しゅんれい》が加わる。十三年五月、「広場」と改題され、東京での新興俳句運動の有力誌として活躍した。

参加同人は、日中戦争激化とともに、軍国社会の厳しい現実を鋭く見つめ、風刺を交えた句を詠む一方、象徴詩風の知的な句も作っている。新興俳句の可能性をさまざまな角度から探り、優れた作品を残した。

鶏たちにカンナは見えぬかもしれぬ　渡辺　白泉

兵隊が七人海へ行進す

繃帯を巻かれ巨大な兵となる

赤く蒼く黄色く黒く戦死せり

あきさめはぬれたる花を記憶せり　小沢青柚子
鉄工葬をはり真赤な鉄打てり　細谷　碧葉
すかんぽや支那の子供はかなしかろ　高　篤三

新興俳句運動に参加した結社としては、大阪で十一年二月創刊の「火星」(岡本圭岳主宰)も無視出来ない存在。青木月斗主宰「同人」の門下だった圭岳は、伝統俳句に飽き足りず、「火星」を創刊した。

さらに、「天の川」の選者だった横山白虹は十二年一月、「自鳴鐘《とけい》」(昭二三復刊「自鳴鐘《じめいしょう》」)を創刊主宰するなど、続々と新興俳誌が誕生した。

「土上」のリアリズム俳句論

大正十一年(一九二二)、東京で発刊された俳誌「土上《どじょう》」。主宰は篠原温亭《おんてい》没後の同十五年、嶋田青峰が引き継ぐ。初めはホトトギス系の俳誌だったが、次第に新興俳句運動の本流に乗ってゆく。

「土上」の論客、古家榧子《ふるやひし》(のち榧夫《かやお》)は、同誌に書いた「リアリズム序論」(昭一〇・一〇)で、「没個性的な伝統俳句や、新興俳句の非現実的傾向を排し、生活に根ざした俳句」

を作るべきだ、と主張する。このリアリズム論は反響を呼び、同誌の東京三《ひがし》（戦後、秋元不《ふ》死男《じお》）や坂本三鐸《さんたく》、さらに「火星」の中田青馬らも同調、リアリズム俳句運動の輪が広がった。

鳥たちは撃たるるために飛び翔つか　坂本　三鐸

クリスマス地に来ち、は、舟を漕ぐ　東　京三

こうした一連のリアリズム俳句はやがて、プロレタリア・イデオロギーに立脚した社会主義的リアリズム俳句へと発展する。

椎子《ひし》は、「芸術は個人の頭の中から生れたもので、社会とは何等の関連もないと考えるのは誤りで、個人たるものは社会を離れて存在するものではない」（「土上」昭一二・一）。また、京三は「資本主義社会の矛盾の生んだ人間的な、社会的な、都会的な、農村的な諸相をリアリスティックに高い世界観を通してうたうのが、真のリアリストだ」（「同」昭一二・二）と、リアリズム俳句論を深め、注目された。

栄坊の「りありずむ」

「土上」の古家椎子《ふるやひし》、東《ひがし》京三らが提唱したリアリズム俳句論には、「京大俳句」の会員ら

も高い関心を寄せた。

「京大俳句」（昭一一・七）は、特集「生活意識」で、会員でもない古家榧子のリアリズム論を大きく扱った。榧子は評論で、新興俳誌に掲載の炭坑、織物工場などの労働現場での句を評価した。

リアリズム俳句については、仁智栄坊《にちえいぼう》は「りありずむの決算」（昭一二・三）を書く。西東三鬼も「リアリズムと定型」（昭一二・四）を書き、榧子の作品「或日のうた」を紹介しているのも興味深い。

生きてゐてひそかに人に倦《つか》れたり　古家　榧子
こゝろ疲れてい行くに光地を這へり

どちらも、「疲れ」がテーマ。労働に根ざした句というよりも、心理描写の「リアリズム俳句」でもある。

リアリズム論の台頭で、「京大俳句」関係者は、労働者の生活に目を向けるようになったとはいえ、実作にはすぐ結びつかなかった。というのも、会員の大半は旧制高校、帝大出身者。医師や教師、大手会社、放送、出版、新聞社などに勤め、知的労働者が多い。社会性のある題材のメーデーや労働を詠んでも、想像するしかない。第三者の目で比較的冷静に詠むことになる。「京大俳句」で、リアリズム俳句が形を変え、盛んに詠まれるようになるのは、日中戦争が激化し、実生活も脅かされる昭和十二年後半だった。

草田男、二・二六事件を詠む

昭和十一年（一九三六）二月二十六日、国内を震撼させた二・二六事件が発生した。武力による国内改革を狙った皇道派の青年将校が千四百人の部隊を出動させ、斎藤実内大臣、高橋是清《これきよ》蔵相らを殺害、陸軍省や国会周辺を占領した。結局、将校らは反乱軍とみなされ、制圧されるが、この四年前の昭和七年、犬養毅《いぬかいつよし》首相が軍部急進派に暗殺された五・一五事件以来の大事件で、帝都を不安に巻き込んだ。

俳人も、事件に衝撃を受けた。

「京大俳句」（昭一一・二）では、座談会「とりとめもない話」で、事件に触れる。「あの日僕らは句会をやったね」（柴田水鴉《すいあ》）。「あれ位事件の推移に対して心配した事はない」（岸風三楼）と。

風三楼は、二・二六事件を詠んだ中村草田男と、嶋田青峰の作品を上げ、批評している。

此日《このひ》雪一教師をも包み降る　　中村草田男

頻《しき》り頻るこれ俳諧の雪ならず
世にも遠く雪月明の犬吠ゆる
大御心
『兵に告ぐ』讀めり熱涙を雪に落とし　嶋田　青峰
『歸つて来い』御親の聲と雪にひびく
逆賊の汚名しのびんや雪は白きに

草田男の「此日雪」について。風三楼は「『一教師をも包み降る』――云ひたい事もあるが今は何も言はず（いや言へなかつたのだが――）じつと彼の理性を腹の底に嚙み殺してゐるのだね」。「青峰の作品は、（草田男に比べ）宙を駆けつてしまつてゐるではないか」と、かなり的確に指摘する。

「不安の時代」反映の白文地、昭俳句

新興俳句運動は昭和十一年ごろから、ロマンチシズム俳句が盛んになる。同時に、現実生活を直視するリアリズム俳句、社会意識の強い生活俳句が増え始める。ただ、生活俳句といっても、現実主義、写実主義、社会主義的リアリズム、と、中身はさまざまで、広い意味

での社会性俳句に関心が深まる。

社会性俳句が増えた背景には、軍部ファシズムが台頭し、国内外ともに不安定な政治、社会情勢がある。若者たちは人生の目標を立てられず、新興俳句にしても、「不安の時代」を反映した。

二・二六事件をきっかけに、軍部、右翼の力は一層強まった。この年九月、陸、海軍両相所管の帝国在郷軍人会令が公布される。在郷軍人らが先頭に立ち、軍国思想の宣伝、普及活動を始め、「挙国一致」などの国民精神総動員運動に関わるようになる。中国では、排日・抗日の日本人襲撃事件が多発し、事態はいよいよ緊迫する。

こうした時代の不安感を詠んだのは、「京大俳句」の井上白文地《はくぶんじ》、三谷昭《あきら》だった。白文地は、昭和十一年二月号に軍国主義を暗に批判するような作品を発表する。こうした傾向に対し、西東三鬼は「思想を盛り込む行き方には賛成」と一応認めた半面、「最短詩型としての具象性が乏しい」点を指摘している。


アカデミの学の青ざめゆく世なり　　井上白文地

世の隅のすだまぞ疼《うづ》く学徒われ

二句目の「すだま」は、怪しい魑魅魍魎《ちみもうりょう》。痛み、疼く「学徒われ」を「すだま」にたとえて詠んでいる。さらに、翌三月号に、白文地は、二・二六事件を詠んだと見られる句を作る。

人刺され廈《おほいへ》青く息をこらす　井上白文地

青黒き人皆地下にもぐらざり

白文地の作風に共鳴する三谷昭は、四月号に「東都騒擾（二・二六事件）素描」と題し、三句詠む。

戒厳司令‼　黄濁の空に雪歇《や》みぬ　三谷　昭

芽木さむし叉《さ》銃《じゆう》かゞやく丸の内

残雪昏れて砂《さ》囊《のう》と兵と蒼褪めたり

戦時体制の風刺俳句

二・二六事件が起きた昭和十一年の秋。

三谷昭は「京大俳句」九月号に、「燈火管制」の題で、戦争を詠んでいる。灯火管制は、電灯を暗く覆う空爆対策。日本の「満州」建国当時、国民は政府から早くも命令されていた。

衢《ちまた》の灯消ぬれどとはの星燃ゆる　三谷　昭

なりはひの暗き露店を守るあはれ

支那夫人空襲仰ぐ瞳の愁ひ
反戦の意志は言ふまじ犬と遊ぶ
救護詰所に妹の白衣を見て戻る
ひとらたゞ空襲の灯を消すならひ
星燃えて燈管の地を愚かにす

「支那夫人空襲仰ぐ瞳の愁ひ」は中国人女性の不安感を詠む。「ひとらたゞ空襲の灯を消すならひ」には、灯火管制を暗に批判する気持ちが滲む。四句目は、「反戦」というきわどい用語を使っている。

さらに、「京大俳句」（昭一一・一二）に、波止影夫《はしかげお》は「菊と時代」（八句）を発表してるが、大日本帝国天皇の「菊の御紋」を仰ぐ皇軍を暗に風刺した作品といえる。

菊さかり将軍『赤』の子に泣けり　波止　影夫
失業に國歌がさぶい菊の頃
白菊は軍艦描いて寝たる子に
少年の描けり黄金の色の菊

三鬼、鳳作俳句に心酔

新興俳人の間で、「社会」や「戦争」をキーワードにした作品が、日中戦争の泥沼化とともに増加した。その一方で、現実逃避とも言えるような、甘美なロマンチシズム俳句は相変わらず人気を集めた。

その代表といえるのは、吉岡禅寺洞主宰「天の川」所属の横山白虹と篠原鳳作（別号・雲彦）。とりわけ、鳳作は、沖縄や鹿児島の中学教諭を務めるかたわら、情感豊かな句を詠む。「季なき世界こそ新興俳句の開拓すべき沃野《よくや》」であるとも説き、「京大俳句」にも大きな影響を与えた。「天の川」（昭九・一〇）の「海の旅」から。

満天の星に旅ゆくマストあり

篠原　鳳作

しん〳〵と肺《はい》碧《あを》きまで海のたび

幾日《いくか》はも青うなばらの円心に

甘美な詠みっぷりの鳳作俳句は、広く愛された。しかし、鳳作は日中戦争の火ぶたが切られた昭和十一年九月十七日、鹿児島県指宿温泉で

篠原鳳作編集の「傘火」

神経痛をこじらせて死去。わずか三十五年の生涯だった。

「京大俳句」会員で、鳳作俳句に心酔していたのは、一つ年上の西東三鬼。鳳作編集の「傘火」（昭一〇・一〇）にも協力。三鬼は、早すぎた死を悼み、「京大俳句」（昭一一・一一）に、「鳳作の死」を載せる。

友は今朝死せり野良犬草を嚙む　　西東　三鬼
わらはざりしひと日の終り葡萄食ふ
葡萄あましづかに友の死をいかる

「結婚初夜」の草城俳句に反響

創刊時の「京大俳句」指導者日野草城、それに三鬼が傾倒した篠原鳳作の影響で、「京大俳句」の若い人たちの間では、ロマンチシズム的風潮の作品がたびたび誌上を沸かせた。

少しばかり、時期をさかのぼるが、草城が昭和九年四月、「俳句研究」に載せた連作「ミヤコ・ホテル」は、結婚初夜を詠んだ大胆な内容。室生犀星は「俳句は老人文学ではない」と賞賛。一方、中村草田男は「厚顔無恥」「憫笑《びんしょう》にも価しない化物」と酷評するが、若い人たちの多くは感動した。

けふよりの妻《め》と来て泊《は》つる宵の春　　日野　草城
夜半の春なほ処女《をとめ》なる妻《め》と居りぬ
枕辺の春の燈《ともし》は妻《め》が消しぬ
失ひしものを憶《おも》へり花ぐもり

こうした作品の影響で、当時二十五歳の岸風三楼は、「京大俳句」（昭一〇・七）に、「ビーズ編む」を使った七句を発表する。

ビーズ編むをとめ三時の閑を得ぬ　　岸　風三楼
ビーズ編むひとの息はも吾《あ》と合ひぬ

二十九歳の和田辺水楼は、連作「追憶」（昭一〇・八）の「からたち」で五句を。

からたちを別れゆく肩やせてゐぬ　　和田辺水楼
からたちのこゝろ痛めば陽に白く

この作品について、平畑静塔の評は「インテリの弱さを見せる定型的のもの」と厳しい。また、二十四歳の三谷昭は、翌月号で五句。

秋草の地平の雲を女《つま》よ戀ふ　　三谷　昭
雁来紅《かまつか》に女《つま》をかなしみ女《つま》と行きぬ

「女」に「つま」とルビを付けたのは、プラトニック・ラブの相手だから、と作者自ら説明しているところがおかしい。

愛妻俳句盛ん

日本は、昭和十一年の二・二六事件をへて、翌十二年七月の日中戦争勃発へと、暗転する。閉塞の時代を迎える中で、若い人たちの心を癒すのは、やはり安らかな家庭へのあこがれだった。

「京大俳句」きっての理論家、平畑静塔は、仲間の結婚に対し、こんな温かい句を贈った。題して「三人の結婚」(昭一一・五)。

左右君

青風《あをかぜ》に妻がひらりと来し五月　平畑　静塔

椎霞君

ランプ消す外科医と妻を見るは星

鹿影君

鶉《うづら》なくやさしき妻よをさな妻よ

静塔より二つ年上の堀内薫。「京大俳句」では準会員の作品発表欄「自由苑」の常連だった。戦争俳句を詠む一方、三十四歳のとき、「わがつま抄」（昭一四・一、二）と題した愛妻俳句を。

新世帯腰紐きうと鳴りわたる　　堀内　薫
水とばし足袋裏よごし働ける
蒲団より顔出す月が出るやうに

女性俳人の双璧、鷹女・清子

新興俳句運動が頂点を迎えた昭和十〜十四年代。女性俳人では中村汀女、杉田久女、星野立子、東鷹女《たかじょ》（のちの三橋鷹女）、橋本多佳子、藤木清子らが活躍していた。

このうち、「京大俳句」で特に注目されたのは、東鷹女と藤木清子だった。鷹女は千葉県成田出身。「鹿火屋」の原石鼎《せきてい》に師事。昭和九年から十三年まで「鶏頭陣」（小野蕪子《ぶし》主宰）に参加。

一方、清子は神戸の人。「旗艦《きかん》」（日野草城主宰）に参加するかたわら、「京大俳句」雑詠欄「三角点」の井上白文地選に熱心に投句を続けた。

堀内薫は「女性俳句の性格と諸相」（昭一三・一二）で、「俳人の中で嶄然《ざんぜん》頭角を現はす二女性は旗艦の藤木清子と、葉鶏頭（筆者注・「鶏頭陣」の誤りか）の東鷹女とである。その発想に於て一は陰性であり一は陽性であるの差が有るが共に忍従の相を克服して、自己を持ち、個性的で心理的である」。清子は陰性、鷹女は陽性で、共に個性がある、と高く評価した。仁智栄坊、平畑静塔も「嘱望する作家」（昭一四・一）で、清子俳句を評価する。

ひるがほに電流かよひゐはせぬか　　東　鷹女
ぐみ熟れて乳房が二つ小麦色
つはぶきはだんまりの花きらいな花
きりぎりす晝が沈んでゆくおもひ　　藤木　清子
若葉降りひとあやまちを繰りかへす
ひとりゐて刃物のごとき晝と思ふ

鷹女の「ぐみ熟れて乳房が二つ小麦色」のエロティシズム、清子の「ひとりゐて刃物のごとき晝と思ふ」の鋭い感性に、並みいる男性俳人らが圧倒されたのも仕方がない。

「京大俳句」の紅一点・志波汀子

男性俳人で占める「京大俳句」で昭和十三年代、「昭和俳壇の新風」（堀内薫・評）と注目されたのは、紅一点の志波汀子《しばていこ》だった。

汀子は、大阪府立女子専門学校（大阪女専）を卒業。関西大学講師だった井上白文地、浅田善二郎の指導でめきめき腕を上げた才媛。十二年一月、堀内薫とともに、「京大俳句」の「自由苑」作家（準会員）に推される。

大阪・船場の「いとはん」。のちに、「京大俳句」会員で、同じ船場の綿布問屋の「若旦那」の柴田水鴉《すいあ》と結婚する。汀子は、妻や母性の立場で、定型の枠をはみ出した一行詩のような作品を作った。

小さき瞳に頬にみどりがにほふ頃　志波　汀子

子供の言葉

ママの瞳にちつちやな僕が映つてる

かまれたよ石にかまれたよママいたい

穏やかな母性俳句を詠むかたわら、戦禍を題材にし、哀しみに満ちた句も作る。

戦地の夫を思ひつゝ死の床にある若き従妹よ

死の床に軍事郵便の封きられ　志波　汀子

死の床のシーツしろきに堪へてあり

銃後

天高く女は痩せて妊《みごも》れる

戦場の夫よ妊れる身の憂《うれひ》

大阪女専の俳句熱高まる

「京大俳句」の雑詠欄には、大阪女専関係者ら約二十数人の女性が投句した。

先にも紹介したように、井上白文地、浅田善二郎の指導で、大阪女専に俳句会ができ、昭和十四年、句集「鳩舎」をまとめた。平畑静塔は「女学生の俳句々集としては、第一のものであり、而も新興俳句の句集としても亦《また》立派な内容を具《そな》へてゐる」（「京大俳句」昭一四・五）と高く評価した。

この大阪女専から、志波汀子に次いで頭角を現すのは、橋本雅子と大間知君子。「京大俳句」廃刊直前の昭和十五年一月、先輩の志波汀子とともに会員（同人）に推薦された。

雅子は、詩情を交えた繊細な作品を詠み、白文地の高評を受けた。

白樺をい行きい行きてわが命　　橋本　雅子

高原のみどりひろごり空は濡れ

また、戦死した兵を悼み、かけがえのない命の尊さをしみじみと詠む。

英霊しづと帰る大地に鬨《とき》の聲　橋本　雅子

うみぎしに白き花散り兵の墓

　陸軍病院

戦火遠しいのち死なんとして静謐《せいひつ》

大間知君子は、柔らかな表現で象徴的な風景を詠んでいる。

日輪の炎ちぎれて地にありぬ　大間知君子

夏海にまなざしとぢて吹かれたる

湖わたる白き鳥あり眸にあふれ

人気集まる三鬼俳句

三鬼は昭和八年以来、東京・神田にある診療所で歯科部長を勤め、ここで俳句を始める。十年三月、創刊してまもない草城の「旗艦」に友人清水昇子《しようし》（木工会社）と同人参加。さらに四月、平畑静塔に招かれ、昇子、三谷昭（実業之日本社編集者）、とともに、東京から

「京大俳句」に加わった。篠原鳳作ばりの作品は、たちまち注目を浴びた。

特に、三鬼の作品が賞賛されるのは、昭和十年十一月、胸部疾患で入院した経験を基に作った句だった。「京大俳句」（昭一一・三）の「絶対安静」（十一句）から。

雪降れり妻いつしんに釘を打つ　　西東　三鬼
小脳を冷しちいさき猫とゐる
水枕がばりと寒い海がある
長病みの足の方向海さぶき
水兵と砲弾の夜を熱たかし
アダリンが白き艦隊を白うせり

三句目の「水枕がばりと寒い海がある」は、三鬼の俳句開眼の作とされる。この句は、同年四月号の「天の川」では「水枕ガバリと寒い海がある」と、「がばり」を「ガバリ」と片かなで表記している。

三鬼俳句の魅力は「大衆的甘さ」であり、「ロマンチシズムとリアリズムが神秘的に結合」している――。蓼科亮吉は「西東三鬼のマスク」（「京大俳句」昭一一・九）で、こんなふうに分析する。亮吉は三鬼の句を上げて批評する。

失業中の自画像を描いた「無職日記」から。

門標の向日葵焦げて日に向かず　　西東　三鬼

ひつぎめく館をのがれ影を得たり

この作品では、俳句表現の「高い技術」を指摘する。

まなぞこに映るは父ぞ吾子生きよ　　西東　三鬼

子のゐがく柩車に黒き人坐せり

「（和田辺水楼も）三鬼の子供に対する観察の鋭いのに驚嘆したに違ひない」と書く。

三鬼とほぼ同じ頃、「京大俳句」に加わった堀内薫は、同誌（昭一一・一二）の「本年度京大俳句批判」の中で、「京大俳句の樹立した輝かしい記念塔」として上げた過半数は、三鬼の句だった。

春夕べあまたのびつこ跳ねゆけり　　西東　三鬼

銅像の裏には蒼き童がゐたり

緑蔭に三人の老婆わらへりき

夏痩せて少年魚をのみゐがく

「緑蔭に三人の老婆わらへりき」は、三鬼の代表句でもある。

「京大俳句」編集に三鬼参加

「京大俳句」は、昭和八年一月の創刊以来、順調に購読者が増え、五年後には千人に達した。会員、準会員、雑詠欄投句者は全国に広がり、代表的な新興俳誌として成長した。

昭和十二年四月号は、西東三鬼、三谷昭ら東京勢の手で初めて編集された。

この号では、雑詠欄「三角点」の選者を務める三鬼自ら、企画・立案のほとんどを担当した。「循環批評」と「無季作品」の二つの特集を組み、病気上がりの身で、精力的に取り組んだ。

「循環批評」は藤田初巳、渡辺白泉、片山桃史、東京三（秋元不死男）、内田慕情ら九人が、それぞれ十句程度を出し、輪を描くように批評し合うという面白い企画だった。たとえば、白泉が桃史から批評を、桃史は初巳から批評を、初巳は白泉から批評を受ける。批評はどれも鋭く、時には厳しい。

私娼窟

入営の楽《がく》ゆき娼婦老と戯れ　東　京三

片山桃史評「人生の暗い裏面に捉らへたほんの些細《ささい》な断片であつても、作者のしつかりした態度によつて何を把《たば》む可《べ》きかを弁別すれば、斯《か》くの如く複雑な現代の一世相を描く事が可能なのである」。

サクラ咲く朝のスリッパひやゝかに　片山　桃史

内田慕情評「こゝには美しい感覚がある。感覚をしほに作者の清らな情緒にも触れさす。微風のやうに過ぎ去るこの情緒を微風のやうに好むひとは多いとは思ふ。たゞ、私にはあつけない」。

『カモ』進水式拝観

クレーンは天つ光して莨《たばこ》吹く　内田　慕情
軍需國巨手が楔《くさび》の木霊《たま》を打てり
巨線退《ぞ》き歓呼の皃《かお》がぶちあたる

渡辺白泉評「『軍需國』『巨手』『巨線』『浮城』等、初心者のともすれば持つて来るやうな単語を使用したのは、群衆の裡《うち》にゐるおのれの心の本体を飾らず打ち出さうと努めた結果であらうと思ふが、これらの語彙《ごい》のもつ事大主義的な雰囲気が余りにも濃く作品の面に湿潤してゐて、つひに作品の常に有すべき純粋性を傷つける結果に了《おは》つてゐるやうだ」。

特集「無季作品」は、富沢赤黄男、古家榧子、細谷碧葉（源二）、井上草加江（鯉屋伊兵衛）ら新興俳誌所属の十人の句を飾るという大胆な企画だった。

三鬼の愉快な「交遊記」

東京勢による初編集の「京大俳句」（昭一二・四）で、企画を担当した西東三鬼は、「若き神々――わが交遊記」と題し、東京の俳句仲間をユーモラスに紹介する。のちのエッセー「神戸」や「俳愚伝」をほうふつとさせる健筆を見せる。

「若き神々」は「新興俳句を烈々たる精神をもつて守護し、神がゝり状態になつてゐる友人達の風貌」。まず、渡辺白泉と東京三（秋元不死男）が登場する。

白泉は「本名の方が神様らしくていい」。「渡辺偉徳之尊《タケノリミコト》」と名付け、「眼鏡をかけた健康な青年で、一見何のへんてつも無きが如く、而《しか》も端倪《たんげい》すべからざる神様」。

「三省堂で辞書の編纂に従事してゐる。世の中にこれ位い《ママ》尊に適した、そして幸福な仕事はあるまい」。

「趣味は読書、映画等でスポーツはやらないし、音楽も判らんと宣《のたま》ふ。ダンスホールにも行かないし、喫茶房でウットリ眼をつむる様な莫迦《ばか》げた趣味はない」。

東京三こと「東京三之尊」は、「横濱火災海上保険会社の有能なる社員で、精神、身体共に健全無比の神様」。

「両面神で、一面誠に柔和温厚、礼に厚うして人を怒らせない。ところが半面恐ろしく正義感の強い神様で、しかも仲々の『聞かん坊』だから、いかんとなつたらてこでも動かない」。「尊の作品の精神は世界観的リアリズムに依《よ》り、手法も亦《また》十九世紀以来のリアリズムに依る。つまり徹頭徹尾リアリズムなのである」「尊は江戸ッ児だから、サルマタの様な情《なさけ》ないものはしてゐない。清浄な、真ッ白い、切り立ての六尺をキリッとしめてゐるのである」。

「交遊記」の続編は、三鬼の胸部疾患の経過が思わしくなく、七カ月後の十二年十一月号に載せる。今度は藤田初巳、清水昇子、三谷昭、高屋窓秋《そうしゅう》の四人を俎上《そじょう》に乗せる。

初巳は「生粋の江戸ッ児」。「角帯を締め、襟をきちんと合せ、細い綺麗《きれい》な声で話す」。「決してあぐらをかゝない。あまり不思議だから聞いてみたら、あぐらをかくと後へひつくりかへると云ふ事であつた。ひつくりかへるのをかまはず、少しあぐらの稽古でもやると、初巳俳句はもつとよくなる」。

昇子は「礼に厚い。筆者の妻君は『昇子さんは玄関から座敷までに五度おじぎをなさる』と云ふ。即ち土間で山妻に二礼、上つて豚児《とんじ》に一礼、再び山妻に一礼、私に恭しく一礼。それが皆正しく両手をつき、頭を畳につける方法の礼だから恐れ入る」。

昭は「若くして老いたる神」。「資性純情にして文芸を愛し、独り読み、独り考へ、バットをふかし、黒珈琲を呑む。恐ろしく口数の寡《すくな》い男だが、云ふべき時には何人も憚《はばか》らない」。

窓秋は「いつも森の清流の如く話す。彼はよく考へた、俳句についての意見を、急がず、激せず、恐れず話すのである。その清浄、静寂な話をきいてゐると、聞手はいつのまにか俳句と云ふ高貴な詩にたづさはる事を、光栄と感じてくるのである」。

三鬼のユーモアたっぷりの一文は、日中戦争が激化し、仲間たちも次々出征する中で、一服の清涼剤として読まれたに違いない。

草城ら「ホトトギス」同人除名

右翼・軍部による不穏な空気が漂う昭和十一年代。「ホトトギス」の実情はどうであったろうか。

立春が過ぎたばかりの二月十六日、虚子は、末娘章子を連れ、横浜から渡欧の途につく。帝都を揺るがせた二・二六事件が起きる十日前である。フランス遊学中の次男池次郎を訪ね、ベルリン、ロンドンを周り、六月十五日、無事横浜港に着く。

　三月二十七日、馬耳塞《マルセーユ》入港。出迎へし友次郎と一夜を船に過し二十八日朝七時下船。直に巴里に赴く。ローヌ河辺嘱目。

フランスの女美しき木の芽また　高浜　虚子

四月三日、巴里滞在

アネモネは萎れ鞄は打重ね

虚子がヨーロッパから帰国して約四カ月後のことである。俳壇がどよめいた。「ホトトギス」の昭和十一年十月号に、次のような同人除名の記事が突然掲載された。

同人変更

従来の同人のうち、日野草城、吉岡禅寺洞、杉田久女三君を削除し、浅井啼魚、瀧本水鳴両君を加ふ。

ホトトギス発行所

草城、禅寺洞は、反ホトトギスを掲げ、「京大俳句」の顧問格で新興俳句運動に加担し、それなりの理由があろう。しかし、久女の除名は予想外で、疑問を残し、長く尾を引くことにもなった。

翌十二年二月一日、河東碧梧桐が逝去。行年六十三歳。虚子とは中学時代の級友。子規の元で共に俳句革新運動を進め、よきライバルでもあった。しかし、季題無用・自由律の新傾向俳句論に傾き、やがて対立する。

碧梧桐とはよく親しみよく争ひたり

たとふれば獨楽《こま》のはぢける如くなり　高浜　虚子

一時俳壇の主流ともなる新傾向俳句運動に対し、「春風や闘志いだきて丘に立つ」（大二）の句を心に、「ホトトギスの城」を築いた虚子。旧友との間柄を独楽にたとえ、悼句を捧げた。

翌年の昭和十三年四月、「ホトトギス」は通算五百号に達した。秋櫻子の「馬酔木」独立で始まる新興俳句運動。山口誓子の「ホトトギス」離脱。日野草城と吉岡禅寺洞、杉田久女の除名。「城壁」は各所で綻びを見せ、満身創痍の五百号達成といえるかもしれない。

虚子は六十四歳の円熟期を迎えたが、日中戦争、太平洋戦争と続く厳しい時代に入った。

第四章　日中戦争と俳句

日中戦争勃発

「日支事変」をきっかけに、本格化する日中戦争は、新興俳句運動に刺激を与えた一方、暗い影を落とすことになる。

明治三十七年（一九〇四）、日本軍が苦戦の末、ロシア軍を破った日露戦争で、日本は満州（中国東北部）の一部と遼東半島を租借地とし、南満州鉄道を手に入れる。その鉄道を利用して、現地駐屯の陸軍・関東軍は昭和六年（一九三一）九月十八日、満州事変を起こす。みずから鉄道を爆破し、中国軍のせいにするという謀略を図り、ただちに軍事行動を開始。たちまち満州全土を占領したあと、カイライ政権の満州帝国を「建国」する。

満州建国に対し、国際連盟は対日勧告案を突きつけるが、日本はこれを拒否。昭和八年三月、国際連盟脱退という異常手段を取り、国際的孤立に陥った。

大阪朝日新聞 夕刊

北平郊外で日支軍衝突

我軍・不法射撃を反撃

二十九軍、砲兵を混へて

蘆溝橋で再度挑戦

我軍龍王廟を占據

北平へ再び砲聲轟く

衝突現場から第一報

わが戦死傷十數名

支那軍撤退せずば

断々乎、反省を促す

陸軍成行を重視

計畫的の行動

宋氏へ歸任要請

金扇

支那事変（日中戦争）勃発を報じた「大阪朝日新聞」昭和12年7月9日夕刊

やがて、迎えた昭和十二年（一九三七）七月七日。関東軍は中国・北京郊外の盧溝橋《ろこうきょう》付近で、中国軍と交戦。ついに、戦火は上海、南京と中国全土に広がり、泥沼の長期戦に突入した。

日中戦争が激しくなるにつれ、政府・軍部は、陸海軍の兵力を増強させる。明治六年制定の徴兵令は、昭和二年に兵役法として全文改定し、成人男子の「国民皆兵」制度を強化する。この結果、兵力は昭和十二年、六十三万人だったのが、翌十三年は百十六万人。十四年は百六十二万人、太平洋戦争勃発の十六年は二百四十万人と年を追って急増する。家族を抱える家の大黒柱までが、召集令状の「赤紙」一枚で駆り出され、次々戦地に赴く。

政府・軍部は開戦当初、日本軍の一方的勝利と甘く見ていた。ところが、中国側の抵抗は思いがけなく激しく、盧溝橋事件から約半年間で、約一万八千人もが死に、「英霊」として故郷に還った。

この当時、国民は思いもしなかったが、日中戦争による戦死者は、推定約十八万五千人にも上った。

昭和十二年十二月、南京陥落。しかし、戦争は終結せず、国民は国家総動員の掛け声におびやかされ、軍需品優先の代用品時代に入る。

戦後、三鷹、八海などの冤罪《えんざい》事件弁護士として知られた正木ひろしは、この当時、個人誌「近きより」（昭一三・二）に、こんな記事を載せる。

ダンス・ホール禁止、パーマネント・ウェーブ禁止、広告用日ノ丸ノ旗禁止々々々々。

国民はまるで感化院に入れられたるが如し。

俳人、続々戦地へ

兵役はもちろん、俳人も例外ではない。やはり、昭和十二年ごろから召集が急増する。「京大俳句」（昭一二・九）の編集後記には「会員乙部寂水君、賛助員櫻井英村、中村一声両君、誌友田村光次郎君等応召」の消息を載せている。

十一年四月に「京大俳句」を離れ、「ホトトギス」に加わった長谷川素逝《そせい》（中学国語教師）

は、七月に応召。翌八月には、「旗艦」の富沢赤黄男《かきお》（会社員）が召集され、十五年までの長い間、中国大陸を転戦する。

同じ八月、「旗艦」の片山桃史《とうし》（銀行員）が応召。特務兵として中国北部に送られ、ついに戦死。「石楠《しゃくなげ》」の栗生純夫、「天の川」の内田慕情（医師）、「俳句生活」の橋本夢道《むどう》（銀座・蜜豆店「月ヶ瀬」）らも八月、従軍する。

医師の波止影夫《はしかげお》は十三年九月、善通寺陸軍病院に軍医予備員候補として入営。応召前の「京大俳句」（昭一三・二）に、「あなた――十二月七日南京陥落を前に、名誉の戦死をとげし従兄の若き未亡人とその嬰児に」と題し、未亡人の気持ちになって五句を発表した。

熱い味噌汁をすゝりあなたゐない　波止　影夫
冷《さ》めた味噌汁に今朝も最後の便を読む
あなたゐない戦勝の夜を嬰児は眠る

入営のとき、戦死した従兄を思い、暗い気持ちで詠んだと思われる。

「無季で戦争詠め」と誓子・三鬼

日中戦争勃発の昭和十二年（一九三七）から、新興俳句運動の中で、「戦争」が一番主要なテーマとなった。特に、無季俳句で「戦争」をどう詠むかが最大の課題だった。「京大俳句」では、平畑静塔らが無季俳句容認に傾いたのを契機に、「馬酔木」に加わった誓子ですら、戦争を詠むには無季が適しているとの見方を示した。

誓子は、「俳句研究」（昭一二・一二）の特集「戦争と俳句」で、こう論じた。

新興無季俳句は、国民的感情と詩感との「平衡《バランス》よろしきを得れば、戦争との結びつきは、（略）一番有利な地歩を占めてゐる」。この派の作家は「その有利な地歩を利用して、（略）試練に堪へて見るがよからう。もし新興無季俳句が、こんどの戦争をとりあげ得なかつたら、それはつひに神から見放されるときだ」と。

「無季俳句は戦争を詠め」という誓子の期待に応え、西東三鬼は「京大俳句」（昭一二・一二）に、「新興俳句の趨向《すうこう》について」を書き、戦争俳句を大いに詠むべきだ、と訴える。

三鬼は、新興俳句運動が「ホトトギス」の伝統俳句に知性を加えたものと自己評価したうえ、新興俳句の中身は、①無季俳句②リアリズム③知的美の三点に集約される、としている。

さらに、無季俳句は、「馬酔木」を除くすべての新興俳人らが理論から実作時代に入っており、幸いなことに今、無季俳句にとってふさわしい時節（日中戦争勃発）が到来した、と判断する。

「青年が無季派が戦争俳句を作らずして、誰が一体作るのだ？　この強烈な現実こそは無季俳句本来の面目を輝かせるに絶好の機会だ。有季派は『夏蚕《なつご》』や『白足袋』によって戦争俳句を作る。無季俳句は何によって、いかに戦争を詠ふか？」。

「誓子氏のいはれる通り『この機を逸しては、無季俳句は神に見放される』のだ。（略）貴君らの近代的知性が『戦争』に衝撃した火花を捕へ給へ！」。

「無季派が戦争俳句を作らなくて、誰が一体作るのだ」と、なかなか意気盛んである。

五周年記念に「支那事変」特集

「京大俳句」は、創刊五周年記念の昭和十三年二月号に、初めて会員らの写真を載せ、節目の時代を迎えた。

記念写真は、表紙裏に横に組み、会員二十一人が写る。真ん中にスーツ・チョッキ姿の日野草城。その右に西東三鬼。左に羽織、はかまの平畑静塔。井上白文地、藤後左右、中村三山、岸風三楼らも写真に納まる。軍隊入営前の波止影夫は、穏やかな表情で丸い眼鏡をかけ、スーツ姿で、最後部に立っている。

記念号特集「（支那）事変俳句」は、西東三鬼が編集した。新興俳誌六誌の主宰、同人らに、

「京大俳句」創刊5周年記念写真

中田　青馬
東條　團
東　専一郎
岸　風三楼
波止　影夫
宮崎　戎人
中村　春夫
（新木端夫）

太田　蟬郎
中島手火之
井上白文地
野平　椎霞
柴田　水鴉
芝　昌三郎
久山　康

藤後　左右
和田　正乃
西東　三鬼
日野　草城
平畑　静塔
中村　三山
今井　憲一

戦争俳句を十句ずつ選んでもらい、各人の解説を載せる。「事変俳句の特集という事は仲々い、着眼」と、横山白虹からも高く評価された。

この中で、「旗艦」主宰の日野草城が上げたのは、次のような句である。

兵征《ゆ》けり灼けし車道に影短く　白城　四郎

生きてゐる身を秋草にしづめけり　仁科雄沙夢

日章旗くろずみたゝかひは続いてゐる　山脇　夢路

一句目。草城の批評は、「大部隊は人道を歩かない。交通の停止された車道を軍靴をひゞかせて征《ゆ》く。（略）『影短く』この言葉の象徴するところの深さ広さを見なければならない」。

二句目。「激戦を経、死線に出入して、尚すこやかにいのちのあることは、奇跡（略）。このいのちは自分だけのいのちではない。大君のために、日本のために捧げられたいのちである」。

三句目。「日章旗はくろずんでも愛国の至情は常に当初の如く新であり、日に〳〵新である」。特に戦争に対する批判は見られない。

逆に、「句と評論」の藤田初巳は、戦争による悲劇を詠んだ作品を選んでいる。

夫出征

人征《ゆ》きしあとの疊に坐りつる　すゞのみぐさ女

秋曇や手のなき兵士うしろむき　細谷　碧葉

初巳は「人征きし」の句について、「悲しみをとほりこし、ぐったりと疲れ呆けた空虚感を十分に示し得てゐる」と。

「秋曇や」は「ぶらりんと袖を落した傷兵の白い後姿を大写しにして、いたましい画面をかたちづくってゐる」と、戦争による悲哀を冷静に見つめ、批評している点が注目される。碧葉は、のちの細谷源二。

「天の川」の岡崎北巣子が選んだ句には、主宰の吉岡禅寺洞の作品も混じる。「京大俳句」顧問だった禅寺洞は、「戦争文学は戦線に生れる」が「銃後の国民としての生活をしっかりと捉えてゐる人々の作品も亦戦争俳句である」と、広義の戦争俳句を提唱していた。

銃後

人聖《きよ》くわたつみを征《ゆ》き空を征けり　吉岡禅寺洞

戦争たけぬ今日の入日に今日思ふ　小田　武雄

禅寺洞の「人聖く」は、聖戦への期待をにじませた作品だが、北巣子も「禅寺洞の広義戦争俳句の先駆として、既に定評がある」と評価した。

武雄の「戦争たけぬ」は、「一種のヒューマニズム」で「これを作品とする場合、作者は余程の勇気を要する」と、戦争に対する気持ちを率直に詠んでいる点に注目している。

静塔、「京大俳句」の事変俳句自賛

「京大俳句」の支那事変特集について、平畑静塔は「他誌の抜粋作品と比較して、恐らく京大俳句事変俳句が、最も高級、凄烈《せいれつ》、多彩なもの」と自負する。

評価したのは、次のような作品。

拳闘果てゝ機銃演習の音がしたぞ　三谷　昭
射撃手のふとうなだれて戦闘機　仁智　栄坊
灰皿を見つめ征《ゆ》くのだと言ふ　芝　昌三郎
砲音に鳥獣魚介冷え曇る　西東　三鬼
我講義軍靴の音にたゝかれたり　井上白文地
　街に出づ
戦争の話ばかりで秋ぐもり　中村　三山

「拳闘果てゝ」の句について、静塔は「事変俳句の最も異色作であり、優秀作」と高く評価する。

「射撃手」の句は、前作「戦闘機薔薇のある野に逆立ちぬ」とともに「新鮮」。「この作品をぢっと読んで見給へ、暫くすると読者の心には、やがてさんさんと涙が出て来るのである」と、岡崎北巣子のいう「ヒューマニズム」を指摘し、感動している。

事変俳句特集から見られるように、新興俳人といっても、国策の「聖戦」に沿って評価する草城、禅寺洞らと、健全な精神、人間性に富む作品を選ぶ静塔、初巳らの間にかなり違いがあることが分かる。

◆◆エピソード――三鬼「京大俳句」会員と初顔合わせ◆◆

東京・神田の共立病院歯科部長だった西東三鬼が、三谷昭らと「京大俳句」に参加したのは昭和十年春。雑詠欄「三角点」選者を務めたが、胸部疾患で半年ばかり入院。ようやく回復したため、十二年十二月十九日、京都の楽友会館で開かれた「京大俳句」創立五周年記念大会に出席した。それまで、会員では平畑静塔しか知らず、初めて白文地らとも会った。

大会には、日野草城、平畑静塔、波止影夫、井上白文地、中村三山、和田辺水楼、藤後左右ら三十四人が出席。大阪の橋本雅子、大間知君子ら女性三人も顔を見せた。

俳句大会では、次の句が高得点だった。

面罵せし友と深夜を影曳けり（七点）　久山　康

女工服は悲しかたまり外を歩く（六点）　中田　青馬

いくさ勝つを祈り婚期の女工たち（同）　同

機関銃地ニ雷管ヲ食ヒ散ラス（同）　西東　三鬼

機関銃翔ケリ短キ兵ヲ射ツ（同）　同

高得点の三鬼は、会員による俳句寄せ書きの半切をもらい、上機嫌だった。このあと、指名され、「無季俳句の再認識」と題し、戦争と無季俳句のかかわりについて講演した。

三鬼は当時、三十七歳。体調も回復し、京都の三山、神戸の静塔、大阪・船場の柴田水鴉《すいあ》宅、と泊まり歩く。辺水楼の勤める大阪毎日新聞社も覗き、二週間の関西の旅を楽しんだ。帰京の前夜、左右、白文地、三山と雀卓を囲み、大敗した。遊び過ぎたせいか、発熱し、再入院する。

＊

三鬼は帰京後、旅の印象を書き、「京大俳句」（昭一三・三、五）に「旅の話」を二回載せる。その中に関西会員を面白おかしく紹介する。約一年前、東京の俳句仲間を紹介した「若き神々――わが交遊記」に次ぐ傑作で、読者を大いに笑わせたに違いない。三山と白文地は「外柔内剛の代表的人物」。三山は潔癖で、トーストを焼くとき、狐色の縁をナイフで削る。焦げると「『アッそれはいかん。それ捨てゝ下さい』と云ふが早いか捨てゝ了《しま》ふ」。

辺水楼。「六尺近いスマートな美男子」だが、「彼のよさは然《しか》し、彼のツラにあるのではなく、もっと内側に潜伏してゐる」。

「小粒の黒い」岸風三楼。「奇妙に甘栗を思ひ出す」。三鬼と同じ岡山生まれ。「この正義派の小男が俳句の批評をしてゐるのを聞くと、一刀両断忽ち黒白が決して了《しま》ふ」。

静塔。「頭蓋骨は非凡な形態を呈してゐて、その中には有益な知識と無益な知識が、コンビーフの缶詰の様にギッシリつまつてゐる」。

影夫。「丸々とした一向見当もつかない様な男。（略）世の中がつまらん様な、そうでもない様な、恋人が欲しそうな、しかし面倒臭いからいらん様な……。（略）変に魅力のある男だ」と褒め、「時代的な一種の『恐るべき子供《ランファン・テリブール》』だ」と書く。

栄坊。「見たところ、影夫に少しも似てゐないのに、内容はどことなく似てゐる。夢想的な影夫に比べ、この方は少しばかり行動的なランファン・テリブール」。

「ランファン・テリブール」は、フランスの詩人・作家ジャン・コクトーの小説「恐るべき子供たち」（一九二九）らしい。ともに二十七歳の二人の性格を面白くたとえた。

誓子・禅寺洞の戦争俳句論

「京大俳句」は、「事変俳句」特集に続き、昭和十三年五月号で「戦争俳句論」特集を組む。この中で、誓子は「戦争無季俳句」について、禅寺洞の国策寄りの意見を厳しく批判した。

戦争俳句というのは、銃後俳句よりも前線俳句、それも無季前線俳句が本格的な純粋戦争俳句である、とする。

「禅寺洞氏が『国民感情は起つても、まだこれに詩感情が加はらねば、などと云つてゐる冷やかさでは、とてもいゝ戦争俳句は出来ない』などと云つてゐられるのは誤謬《ごびゆう》もはなはだしい」と、「国民的感情一本立」の句作態度を批判した。

禅寺洞の意見は、「国民感情そのままを詠出《よみだ》して、それに季がないから俳句ではないといふならば、そんな俳句など我が民族精神に背馳《はいち》するものである。反戦的俳句といふものを見ないけれども、かかる国民感情を喪失しかけた俳句観や、傍観的態度にあるものも、この際反戦的俳句と同様排撃すべきであろう」。これに対し、「俳句に季を入れた相手を非国民呼ばはりするのは大人げない」と誓子が禅寺洞を厳しく批判している点が注目される。

「聖戦」報道で句作

山口誓子は、戦争俳句が「無季前線俳句」にこそ、存在意義があると強調し、「京大俳句」など無季容認派の俳人らに句作のよりどころを示した。

しかし、「前線俳句」は文字通り、前線に立ち、事実を確認しなければ詠めない。結局、映画のニュース、新聞、雑誌などの写真や記事、小説類を参考にせざるを得なかった。

特に、報道ニュースや写真は、戦争俳句の素材にされたが、どれも厳しい検閲をくぐり、「聖戦」推進の国策に沿う内容だった。

たとえば、堀内薫が「京大俳句」（昭一三・一）に発表した作品の場合。

海軍渡洋爆撃隊を讃す

翼を並《な》め千里漠々の雲を踏む　　堀内　薫

重爆の巨躯《きよく》雲底に影列ね

天を征《ゆ》く翼に紅顔犇《ひしめ》けり

こうした聖戦賛美のような句が続出した理由の一つは、日中戦争後、一層厳しくなる言論統制が影響しているとみていい。治安維持法は強化され、十三年四月には戦時動員を目的にした国家総動員法が成立。新聞紙法、出版法、不穏文書臨時取締法、軍機保護法、国防保護法など数々の法令で取締りが一層強化された。

特に、昭和十二年七月の日中戦争勃発直後に実施された「新聞紙法第二十七条」は、「軍機、軍略に関する報道はいっさいこれを禁じ、陸海軍大臣からあらかじめ許可を得たるものに限り許可する」とあり、軍部による厳しい報道管制に新聞界は愕然とした。

続いて、内務省警保局による「時局ニ関スル記事取扱ニ関スル件」と題した一枚の通達「記事差止事項」は、驚くべき内容である。

「反戦マタハ反軍的言説ヲ為シ、或ハ軍民離間ヲ招来セシムガ如キ事項」と、戦争行為や軍部批判の記事は一切禁止した。

「我ガ国民ヲ好戦的国民ナリト印象セシムルガ如キ記事、或ハ我ガ国ノ対外国策ヲ侵略主義的ナルガ如キ疑惑を生ゼシム虞《オソレ》アル事項」と、行過ぎた対外国策などの批判記事は差止めにした。

「徒《イタズ》ラニ人心ヲ刺激シ、依《ヨッ》テ国内治安ヲ攪乱《カクラン》セシムルガ如キ事項」と、軍部・政府を批判したような記事は「人心を刺激し、国内の治安をかく乱させる」と、掲載を禁止した。

この時点で、日本のジャーナリズムは息の根を止められ、以後は正確な報道もできず、軍部・政府に追従するような内容に変貌したと見ていい。

南京虐殺事件を知らず

厳しい報道管制の結果、日中戦争では、各新聞社とも多数の従軍記者を前線に派遣しながら、「皇軍」勝利を称える派手な「聖戦」報道で紙面を飾った。一方、日本軍の損害、犯罪行為などは伏せて報道された。

南京虐殺事件もそうである。

日本軍は南京陥落で「八万余

南京全く落城

大阪朝日新聞

威容紫金山を壓し

皇軍の敵都攻略成る

在天殉忠の英靈に感謝

大本營陸軍部當局談

中山門上の萬歳！

新政權けふ愈よ誕生

『中華民國臨時政府』

行政委員長 王克敏氏

近く入城式

内相に末次大将 馬場氏辭任

けふ親任式を御擧行

神戸銀行

南京陥落を報じた「大阪朝日新聞」
昭和12年12月14日

人の投降兵・敗残兵・捕虜を『殲滅《せんめつ》』し、十数万人を超える市民、農民ら一般民衆を強姦、銃殺、焼殺、刺殺した」（笠原十九司著「南京事件」岩波新書）。終戦直後の極東国際軍事裁判（東京裁判）では、南京やその周辺で二十万人以上が殺されたと認定され、司令官の松井石根大将が戦犯として絞首刑になる。

こうした残虐行為は一切報道できず、新聞には「南京城頭燦《さん》たり日章旗」「祝・敵首都南京陥落」「皇軍、勇躍南京へ入城」などの大見出しが躍った。

再び、「京大俳句」（昭一三・六）の堀内薫の作品から。

南京総攻撃

丘を越え城壁へ軍馬霧を嚙む　　堀内　薫

白刃は地表に光り壁上を走り

息あらき鬚髯《しゆぜん》日の丸を天に張る

水都蘇州

敵を狩る陋巷《ろうこう》の舗石滑《なめ》らかに

南京占領の口火となるのは、海軍による「南京渡洋爆撃」。爆撃機が、戦時国際法を破り、非武装都市の南京を宣戦布告をせずに爆撃。二カ月間の空爆で「家屋七、八百戸が破壊され、市民三百九十二人が死亡」（前掲・笠原著書）。初日の空爆で「二十機のうち、四機撃墜、六機被弾の大損害」（同）を受ける。

が、こうした事実も伏せられ、「世界戦史空前の渡洋爆撃」（雑誌『日の出』）と称えられた。

「京大俳句」全盛期

昭和十三年（一九三八）三月、「京大俳句」は、「馬酔木」（水原秋櫻子主宰）脱退の石橋辰《たつ》之助《のすけ》（神田日活館などの映画技師）や高屋窓秋《そうしゅう》（放送局）、杉村聖林子《せいりんし》（読売新聞社）、と二十代後半の有力俳人を東京から迎えた。

東京勢は、すでに二年前から西東三鬼《さんき》、三谷昭《あきら》、清水昇子《しょうし》が参加し、十二年四月号以来、編集を分担してきた。京都、大阪、神戸、東京と交替で編集を担当し、新企画で「京大俳句」の内容は創刊当時に比べ、抜群に充実した。

俳誌名こそ、「京大」という大学の名前が付いているが、静塔ら創立会員の願い通りに、発刊後五年余でようやく名実ともに全国俳誌として成長を遂げ、全国新興俳句運動のネットワーク的存在となった。

「京大俳句」は、昭和十三年ごろから廃刊の十五年二月にかけ、まさに黄金時代を迎えたといえる。

秋櫻子の季語定型を墨守する「馬酔木」から脱退した三人は、十三年四月号の会員集で、初めて作品を三句ずつ発表した。この号の会員、準会員二十人のうち十四人が「戦争」をテーマに詠んでいるが、三人も、無季俳句でどこまで戦争が詠めるかという命題に挑戦した句を並べている。

河辺の家

弔旗垂れ黒き河なみはながれき　　高屋　窓秋
朝に泣きゆふ河なみとながれき
英霊をいだき明けたる河の汚穢《をゑ》
朝やけの機関銃射手壁に沿ひ　　石橋辰之助
丘小さしなれど寒木を子とめぐる
子の服の緑寒木をはなれざる
戦場に地べたあかるくあるばかり　　杉村聖林子
冬青き天よりおりて傷兵なり

枯れし木をはなれて枯れし木と射たれ

反戦的匂いの濃い「河辺の家」を載せた高屋窓秋は、かつて「馬酔木」に詩情豊かな「頭の中で白い夏野となつてゐる」を発表し、一躍注目された。しかし、昭和十年、山口誓子の「馬酔木」加入とほぼ同じ時期に、逆に離脱する。

「馬酔木」脱退のとき、窓秋は瀧春一らに、こんな挨拶をした。「僕は過去八年間、秋櫻子先生に師事し、殊に最近四年間は直接そのもとにあって『馬酔木』の仕事に携わった。その間、僕がなしたところのものは無に等しかったが、僕が得たところは大きかった」。

窓秋は三年間、無所属のあと、辰之助、聖林子とともに、三鬼の誘いで「京大俳句」に加わった。

好評の素逝句集「砲車」

堀内薫は、昭和十三年四月号の「京大俳句」に「事変俳句総論」を掲載。自らの「戦争俳句」を反省するとともに、かつては「京大俳句」創刊会員で、今は「ホトトギス」参加の長谷川素逝の作品を高く評価した。薫は、こう書く。

旧友への手紙に、自作の「戦争俳句」を書いて送った。ところが「アサヒグラフに劣り、ニュース映画に遥かに及ばない。俳句をやらうとしてゐる者は、もう少し真実を愛さねばならぬと思ふ」と、厳しい返答をもらった。文末には「ホトトギス」（昭一三・一）の巻頭を飾った従軍中の長谷川素逝の作品が並べてあり、「御玩味を願ふ」とあった。薫は、感動した素逝の四句を紹介する。

みいくさは酷寒の野をおほひ征《ゆ》く　　長谷川素逝
友をはふり涙せし目に雁たかく
ねむれねば真夜の焚火をとりかこむ
をのこわれいくさのにはの明治節

素逝の句が初めて「ホトトギス」の巻頭を飾るのは、昭和十年五月号。続く巻頭は十二年十月号。「駒並めて行くに行く手の花吹雪」「七月の竹林くらくゆきにけり」といった抒情の濃い写生句が中心だった。だが、従軍後、「戦争」を具体的に詠み、虚子は「みいくさ」などの四句を巻頭に据えた。所属は「〇〇部隊」と伏字だった。

さらに、昭和十三年の巻頭は四回ある。戦争俳句は翌十四年二月号の巻頭を最後に発表していない。

馬ゆかず雪はおもてをたゝくなり　　長谷川素逝

民うゑぬ酷寒は野をおほひけり
雪の上にうつぶす敵屍《てきし》銅貨散り
凍土ゆれ射ちし砲身あとへすざる

素逝は、敵にも温かい目を注ぎ、出色の戦争俳句を作ったといえる。作品は句集「砲車」（昭一四・四）に収める。

句集の後記に「大部分の句は、馬の上で地図の上に走り書きしたり、まつくらな夜中、手帳に大きな字でさぐり書きしたものが多い。その手帳は雨と汗でぼろぼろになつてゐるけれど、私には一生の記念である」と書く。

新興俳人の「砲車」高評

虚子は、「砲車」序文で「我が長谷川素逝君は砲兵少尉として今度の日支事変に応召し、一年有半大陸に転戦し、親しく砲煙弾雨の中を潜り、酷熱酷寒と闘ひ、実戦の苦を嘗《な》め尽して然《しか》も其間《そのかん》に得た処《ところ》の句が此《この》書物を成した」と紹介。多くの将兵の作品の中でも「我が素逝君の句は一頭地を抜いて居ると言つてよい」と激賞した。

序文の末尾に、素逝を陰で支える妻ふみ子の「思慕静居」の作品もいいと、十九句も載せているのも珍しい。

似しひとにこころさわぎぬ秋深し　長谷川ふみ子

天の川頭上に重し祈るのみ

「砲車」は、新興俳人からも高く評価された。

平畑静塔は、「京大俳句」（昭一四・六）で、「句集『砲車』の最も烈しい作品に属する。そしてその烈しさを称える」と上げたのは、次の二句。

雪の上にけもの、ごとく屠《ほふ》りたり　長谷川素逝

てむかひしゆゑ炎天に撲《う》ちたふされ

虚子に反旗を翻した水原秋櫻子ですら「『砲車』は銃後俳壇必読の書であると同時に、戦線作者の好箇の伴侶」（「俳句研究」昭一四・九）と推挙する。

素逝は、「京大俳句」を創刊した一人だが、静塔らのように無季俳句を容認せず、昭和十一年四月に脱退した。「京大俳句」（昭一〇・八）で、「俳句の宿命」と題し、「五七五のリズムと季は日本的なるものであり、これを固執しないならば、俳句とはいえない」。季語のない連作なども「俳句以外のもの」と痛烈に批判。虚子の下で句作を続け、従軍中の十四年四月、深川正一郎らとともに「ホトトギス」同人に推薦される。この年十月、戦病で召集を解除さ

れて帰還、療養の身となる。

明暗分けた火野葦平・石川達三

昭和十三年（一九三八）、日本の文学界に厳しい言論弾圧の嵐が吹きすさぶ。その一方で、国策文学がはびこる。作家として無名だった火野葦平が戦記もので一躍、国民的英雄のようにもてはやされるという異常な年でもあった。

三月、石川達三は中央公論社特派員として、日本軍が占領中の南京を訪れ、見聞記「生きてゐる兵隊」を書く。この掲載誌「中央公論」三月号が突如、発禁処分を受ける。

軍人に対する石川の考え方は、判事と応答した検察調書に残っている。

「問　日本軍人ニ対スル信頼ヲ傷付ケル結果ニナラヌカ」。

「ソレヲ傷付ケヨウト思ッタノデス。大体国民ガ出征兵ヲ神ノ如クニ考ヘテ居ルノガ間違ヒデ、モット本当ノ人間ノ姿ヲ見、其ノ上ニ真ノ信頼ヲ打立テナケレバ駄目ダト考ヘテ……」。

当時としては大胆な発言だが、結局、石川はこの年八月、新聞紙法違反で禁錮四カ月（執行猶予三年）の有罪判決を受けた。三年前の昭和十年、小説「蒼氓《そうぼう》」で、晴れの第一回芥川賞を受賞したばかりの石川にとっては、予期しない不運な事件となった。

同じころ、火野葦平の「糞尿譚《ふんにょうたん》」（文芸春秋）が、昭和十二年の芥川賞を受賞した。従軍中の火野葦平、つまり玉井勝則伍長は、戦地で授賞の喜びを味わう。受賞を機に中支派遣軍報道部員に抜擢された。このとき、徐州戦線の記録を基に書き、雑誌「改造」（昭一三・八）に載せた「麦と兵隊」が大反響を集めた。単行本は百二十万部という売れ行きで、火野は一躍、ジャーナリズムの寵児《ちょうじ》となった。

火野の「麦と兵隊」で競詠

火野の人気に注目した総合俳誌「俳句研究」は、戦争俳句の一つの試みとして、「麦と兵隊」を題材にした俳句特集を企画。日野草城、東京三（秋元不死男）、渡辺白泉に作品を頼み、九月号に掲載した。

戦火想望

大江流黄なり艦舟に白く湧き　　日野　草城
人血のあるひは乾く千里の春
麦暮れぬ流弾笛をふいて飛ぶ

死なざりし横腹を蚤にくはれける

この「戦火想望俳句」について、加藤楸邨《しゅうそん》や中村草田男、自由律派の栗林一石路《いっせきろ》らが一斉に批判した。

楸邨は「戦場そのものを、戦場に立たないものがやるのは疑問」である。「戦争に於ける体験の如きは、原作にあったからといって、それを俳句に表現することは、その技術が巧みであればあるほど、遊びの気分が感じられる。銃後でも、自分の現実の生活によって、自分の感動を詠むことができる」といった意見を、「馬酔木」などに書いた。

戦争体験のない者が、戦場をテーマに詠むのは、確かに不自然である。しかし、新興俳人の間では当時、盛んにニュース映画などを見て、戦争俳句を作っていた。

楸邨の意見に対し、草城も「銃後にいる自分達は、自分の現実の生活によって、自分のものである感動を詠むことが出来るという考え方は、ホトトギス流の直接経験主義に累《るい》されている」（「旗艦」昭一四・二）と、写生一辺倒の句作論に毒されていると反発した。

草城同様、東京三は「麦と兵隊」で「戦争日記」（五十句）を作るが、これまで信条としてきたリアリズム俳句論に反してしまった、と後に悔やむ。

皮膚と服硬く列車の兵ねむる　東　京三

渡河の兵墓碑となり友を失へり

決死隊となりしか生きて米を磨ぐ

京三は、「嘘の俳句」（「土上」昭一四・四）と題し、自己反省の弁を書き、処女句集の「街」（昭一五・三）には、一連の作品を一切載せることはなかった。

三鬼の戦火想望俳句

「麦と兵隊」を題材にしたような戦火想望俳句、つまり戦争フィクション俳句は、「京大俳句」会員らの間では、すでに西東三鬼、仁智栄坊、杉村聖林子らが盛んに試みていた。

特に、三鬼は「京大俳句」に「戦争」の前書きで、昭和十二年十一月号から十四年三月号まで連作形式で七十八句を発表する。たとえば、初期の機関銃をテーマにした作品は、褒貶《ほうへん》さまざまに反響を集めた。

砲音に鳥獣魚介冷え曇る　　西東　三鬼

機関銃熱キ蛇腹ヲ震ハスル

機関銃地ニ雷管ヲ食ヒ散ラス

機関銃眉間ニ殺ス花ガ咲ク

悉《ことごと》く地べたに膝を抱けり捕虜
パラシフト天地ノ機銃フト黙ル
泥濘《でいねい》となり泥濘に撃ち狂ふ

戦場に行かず、戦争を詠む戦火想望俳句をめぐり、三鬼は、「京大俳句」（昭一三・八）で、機関銃を素材に詠んだ理由について書いている。

戦争を生命と近代性の両面から表現したいと考え、機関銃が一番ふさわしいとみた。「機関銃の機械性を詠つただけでは戦争は表れない」と厳しく批評されはしたが、この「方法は誤つてゐないと堅く信じてゐる」と三鬼は反発した。

「京大俳句」の「戦争俳句」

戦場に行かず、戦争俳句をどう詠むか。「京大俳句」会員にとって「戦争」の詠み方が大きな課題となり、昭和十三年八月号で、「戦争俳句」特集を組む。この中で、平畑静塔は、「戦争俳句の作り方要諦」を書き、戦争俳句を敵地俳句（戦闘・後方）と国内俳句（圏内・圏外）に分類する。一方、会員らは陸海軍の戦闘場面だけでなく、戦時社会の光景も対象に、さまざまな角度から「戦争」を取り上げ、句に仕立てた。

昭和十二年秋から十三年夏にかけて、会員が作った「戦争俳句」を上げてみたい。
まず、仁智栄坊は鋭い風刺をこめた「戦争」を発表する。

海 怒 る 駆 逐 艦 は 硬 直 し　仁智　栄坊
戦なく骸骨の街ゆれ立てり
シャンペンとオムレツに大佐の嘔吐
街 角 に 男 が 二 人 聲 ひ そ め
リトヴィノフは葡萄酒じやないぞ諸君
射貫かれし胸ひしと捕虜の眼のわらひ

この中で「リトヴィノフは葡萄酒じやないぞ諸君」は、栄坊の風刺句の代表とされる。リトヴィノフはソ連の外交官。一九三〇年以降、西欧との協調外交を推進したが、三九年失脚する。
杉村聖林子と波止影夫は、戦場を一人ひとりの兵士の姿で表現しようと試みる。

一兵士はしり戦場生まれたり　杉村聖林子
塹《ざん》壕《がう》の三尺の深さ掘りて死し
塹壕のひとりひとりの老けゐたる

二等兵黙々とぱんを飲み降す　波止　影夫
新兵の飯喰ふ時も眼ばかり
血も見えず敵飛行士の亡せゐたり

清水昇子、三谷昭、石橋辰之助は戦争の残酷さをリアルに詠む。

戦跡地太陽屍《しかばね》を灼きのぼる　清水　昇子
塹壕を撃ち塹壕を這ひ出づる
血も草も夕日に沈み兵黙す　三谷　昭
喇叭《らつぱ》吹く星やはらかに生る、夜を
蘚苔にふかく戦傷の顔置かれ　石橋辰之助

俳句用語のキーワードは、戦争関係が圧倒的に多くなる。
戦争、戦場、占領、空襲、応召、出征（征《ゆ》く）、兵隊、歩兵、新兵、二等兵、将兵、将校。戦闘機、敵機、軍用車、大砲、砲弾、砲音、機関銃、銃声、銃剣、戦火、塹壕《ざんごう》、流弾、突撃、射撃手、敵兵、戦死、軍神、英霊、傷兵、遺骨、遺児（遺子）、軍歌、軍靴、飯盒《はんごう》、灯火管制、千人針、聖戦博覧会、憲兵、特高、軍需工、武器商人。数え上げればきりがない。

日中戦争が泥沼に入り、戦死者が増えるにつれ、悲惨な遺族らを詠んだ作品が急増する。

死をまねる遺児の遊びのいくさ捷《か》つ　清水　昇子
母の手に英霊ふるへをり鉄路　高屋　窓秋
子は笑めり夫は死せり五月晴れぬ　瀬戸口鹿影
英霊を迎ふる老婆よ、となき　多賀九江路
山陰線英霊一基づつの訣《わか》れ　井上白文地

「戦争俳句」最高潮

「聖戦」三年目の昭和十四年（一九三九）、戦争俳句は最高潮を迎えた。

たとえば、一月号では。西東三鬼の連作「戦争」は十九回目に入り、この号は四句載せる。杉村聖林子の「戦争」八句、仁智栄坊「敗走の軍」十二句、瀬戸口鹿影「進軍の途」四句、といったように戦争オンパレードである。句は、どれも臨場感があり、即物的に詠んでいるのが特徴といえる。

敵兵の体重のこる腕を垂り　杉村聖林子
叫び伏す中隊邃《つひ》にかへり来ず　仁智　栄坊

いのちあり路傍の石を撫でて掌《て》よ　瀬戸口鹿影

二月号では、波止影夫は「兵隊生活」十一句を詠み上げる。

隊長に睨《にら》まれ喰ひこんでくる背嚢《はいのう》　波止　影夫
突撃の燃えたつ顔が近く飛ぶ

こうした戦争俳句とは別に、平畑静塔、辻曽春、三谷昭は鋭い風刺をこめた銃後俳句を発表する。

黒髪の國の二日を黙《もだ》し征《ゆ》く　平畑　静塔
戦病の耳ちかく母の聲を得し　辻　曽春
向日葵のもとに一圖《ママ》に世をにくむ　三谷　昭

この当時、雑詠欄で活躍した新進俳人は、大阪の鈴木六林男だった。静塔、三鬼、白文地、辰之助らの選に次々入り、評価された。六林男はこの投句の約半世紀後にあたる平成三年（一九九一）、「京大俳句」復刻版の解説を書くが、当時はもちろん、夢にも思っていない。

梅雨降らず博物教師戦死せり　鈴木六林男
遺子二人居眠り弔旗鳴ることあり
蛇を知らぬ天才とゐて風の中

新鋭・白泉の憲兵俳句

「京大俳句」会員としては最後の方に属し、独特の口語を駆使して気を吐いたのは、新鋭の渡辺白泉だった。松原地蔵尊や湊楊一郎、藤田初巳らによる「広場」（「句と評論」改題）をへて、終刊一年前の昭和十四年二月に参加した。

白泉が、「京大俳句」の参加直前、「俳句研究」（昭一四・一）に載せた「憲兵」の句は、白泉一代の傑作だった。国家権力の象徴ともいえる軍事警察の憲兵を詠んだ句である。

憲兵の前で滑つて転んぢやつた　渡辺　白泉

当時、十九歳だった俳人沢木欣一は「この句を見て作者の勇気に驚いた」と、著書「日々の俳句」（求龍堂）に書いている。

「憲兵とは軍事権力の象徴ともいうべき存在、恐怖と嫌悪の的であった。襟章の色は黒、赤茶色の長靴をはき、一風変わった軍刀をぶらさげていた。憲兵の姿を見るだけで血の気が引いた」。

「京大俳句」参加の白泉の作品は、二月号会員集の巻頭欄に飾られた。

雪の街畜生馬鹿野郎aga《や》つちまへ　渡辺　白泉
泣かんとし手袋を深く深くはむ

街に突如少尉植物のごとく立つ

どれも、戦時体制の重苦しい空気を感じさせる。一句目の「雪の街」の「斃つちまへ」は「やっちまへ」と読ませ、思うに任せぬ気持ちを表現したのだろうか。

さらに、四月、五月号でも、戦争の異常性、不気味さ、不安感を詠み、特異な俳句世界を築いた。

馬場乾き少尉の首が跳ねまはる　　渡辺　白泉

手を組みて笑める男を殺し度し

戦争が廊下の奥に立つてゐた

三句目の「戦争が廊下の奥に立つてゐた」は、新興俳句の高い水準を示すものとして評価され、「憲兵」の句とともに、白泉の傑作とされる。

「戦火想望俳句」激減

日中戦争以来、怒濤のように作られた「戦火想望俳句」は昭和十四年の秋以降、激減する。

「京大俳句」（昭一四・一〇）の会員集で、十人の作品のうち、戦争を詠んでいるのは一句もない。静塔は軍需工場、三鬼は武器商人、栄坊は中国風景といった具合である。

この原因は、新聞や雑誌の写真、映画ニュースの映像などを通じて戦争を詠むまでもなく、戦争体験者が急増したためである。身辺から多くの若者たちが戦地に赴き、死線をさまよい、その多くが「英霊」となり、傷病兵として還ってきた。戦争の悲惨さ、厳しさを目の当たりにし、戦火を想像で詠む虚構の俳句を作ることが、俳人たちの間でも大きな問題になる。

戦争俳句が減り、沈滞気味の新興俳句運動について、静塔はこう、書く。「一体之の日本の非常時で、そんなに旺盛な活気を見せてゐる文化面がざらにあつては耐《ママ》らないのである。（略）戦争文学、娯楽演芸の類の外は、皆停滞の状にあるのが自然の勢いであらう」（昭一四・一一）。

戦争激化で召集が増え、検閲強化、挙国一致の国民精神総動員運動、国民徴用令による軍需工場などへの強制徴用、と息詰まるような時代。静塔の論調もどこか冴えない。

栄坊も衰退する新興俳句をめぐり「過渡期の混乱と変転極まりない社会、国際的な情勢の為に精神的衝動をうけ、一切、情熱を失つたともいえる」と書いている。

三山の特高俳句

こうしたなか、「京大俳句」（昭一四・一一）で、特高警察や憲兵、徴兵検査を題材に、軍国主義社会を鋭く批判するような作品を発表したのは、新木瑞夫と中村三山だった。

まず、瑞夫は「徴兵検査」と題し、憲兵を詠む。

憲兵の怒気らんらんと廊は夏　　新木　瑞夫
なぐられた壮丁に窓の動かぬ樹々
憲兵が瞶《み》てゐるつめたい横顔をしてゐる
徴兵署を出てじりじりと陽に灼かれ
征《ゆ》かねばならぬうつさうと繁る樹にもたれ

二句目の「壮丁」は、この当時では徴兵検査前の二十歳未満の少年だった。検査中に何か粗相をし、「つめたい横顔」の憲兵から突然殴られた様子を詠む。体がやせた瑞夫は、徴兵検査では兵役合格ぎりぎりの第一乙種だった。

一方、三山は、「退屈な訪問者」と題し、特高警察を風刺した十三句を載せる。約一年前の「京大俳句」（昭一三・一〇）では、「〇〇線応召の兵を見ぬ驛なし」（京都—富山間）と、伏字の句を詠んでいる。今回は、自分の身辺を探る特高の動きを大胆に、しかも皮肉を交えて句に詠み上げた。

特高が擾《みだ》す幸福な母子の朝　　中村　三山

特高を前に平凡な市民われ
幸福の予感黒服の人が來た
特高が來た俺を主義者とでも言ふのか
特高と話す間も惜しい晴れた朝だ
特高のさりげなき目が書架に
特高の黝《くろ》く大きな手に好感
特高が養鶏を勧《すす》む母安堵
特高に健康法を説かれ苦笑
遊びに來給へと特高君さも親しげに
特高が退屈で句を考へてゐる
特高去り母と無言の晝餉
知人録に特高君の名も書くか

この句の通り、京都府警の特高は「京大俳句」関係者の身辺を探っていた。三山の一連の作品を読み、恐らく目をむいたに違いない。危険はもうそこまで迫っていた。

第五章　弾圧の嵐

廃刊直前の「京大俳句」

「京大俳句」は、昭和八年一月の創刊号以来、俳誌の初めには年号を付けていない。それが、昭和十四年一月号から目次手前の一頁目に、算用数字で、「１９３９」と西暦年号を記入する。ところが、八月号から国策に合わせて「２５９９」と、紀元年号に変える。

翌十五年（一九四〇）の新年号は、紀元二千六百年の「２６００」。国の音頭取りで、二月十一日の紀元節を特に華やかに祝った年だった。

しかし、国際的にも日本にとっても、実に多難な時代を迎えた。前年九月、ドイツ軍はポーランドに侵入し、英・仏・ソ連を巻き込み、ついに第二次世界大戦が勃発。やがて、欧州全土に血なまぐさい戦禍が広がった。

言論の自由はますます制限されてきたが、「京大俳句」にはこれまで通り、伸び伸びした内容の作品が掲載された。新年号の会員、つまり同人作品欄「会員集」は「放射塔」と改名。九人の作品の多くは、長引く日中戦争による重苦しい気分や不安な生活を詠み上げている。石橋辰之助もその一人。応召風景に厳しい目を向ける。

或る駅にて

ことごとく冬日に顔を突き出し征《ゆ》く　石橋辰之助

平畑静塔は、「俳句断章」で、新興俳句を論評する。まず、仁智栄坊の「リトヴィノフは葡萄酒ぎやないぞ諸君」の句をあげ、「栄坊俳句の愉しさ」を評価する。続いて、「俳句研究」(昭一四・一二)の「十四年諸家作品」を取り上げる。中村草田男、加藤楸邨、富沢赤黄男らの句を推賞する。こうした名句の数々が、多難な時代に詠まれ、しのぎを削って作られた。

喪の凱旋《がいせん》の軍靴の音をきこうとする　吉岡禅寺洞
煌々《くわうくわう》と不眠の妻の點《つ》けたる燈　日野　草城
萬緑の中や吾子の齒生え初むる　中村草田男
つひに戰死一匹の蟻ゆけどゆけど　加藤　楸邨
疎《うとん》ずる蚊帳《かや》の妻と子雷遠し　東　京三

黄天にキリストのごと落伍せり　片山　桃史

一木の絶望の木に月あがるや　富沢赤黄男

新年号には、新会員十四人の名前が載せられる。しかし、次の二月号が廃刊に追い込まれたため、名前だけの会員となった。

新会員は、京大出身の堀内薫、本野提市郎、加藤紀、西田等、仁科海之助、河内俊成。大阪府立女専出身の志波汀子、橋本雅子、大間知君子。立命館大の藤井艸眉子。西東三鬼に師事した東京の三橋敏雄。北海道の斎藤三樹雄（別号・斎藤玄、杉村聖林子のいとこ）。関西大専門部学生の安藤みちを、笠原国男。

晴れの会員推薦だったが、思いがけない俳誌廃刊で、会員らは不幸にも作品を発表する機会はなかった。

「京大俳句」会員、一斉検挙

昭和十五年二月十一日。政府は国威発揚のため、皇紀二千六百年の紀元節の祝賀行事を盛大に催し、減刑令・復権令を出す。同時に、天皇は難局克服の大詔《たいしょう》を発布した。

国民の祝賀気分もさめやらぬ三日後の二月十四日早朝である。

「京大俳句」の会員八人が突然、京都府警察部の特高（特別高等警察）に寝込みを襲われた。治安維持法違反という予想もしない容疑で捕まり、京都市内の警察署に連行された。出版したばかりの二月号も押収された。

平畑静塔《せいとう》ら八人は、京都、大阪、神戸、和歌山と関西在住。五七五、十七音の短い俳句表現が、国家権力の手で弾圧されるという前代未聞の事件の幕開けである。

このあと、「京大俳句」関係者は、三回にわたって合計十五人が検挙されたため、俳誌の編集ができなくなり、廃刊に追い込まれた。

内務省警保局保安課の「特高月報」などによれば、第一次検挙者は次の八人（「特高月報」は本名）。

まず、「京大俳句」創立会員の平畑静塔（本名・平畑富次郎）。井上白文地《はくぶんじ》（本名・井上隆證《りゅうしょう》）。中村三山《さんざん》（本名・中村修二郎・「特高月報」の「修次郎」は誤り）の三人。

静塔は当時三十四歳。新進気鋭の精神科医だった。若くして神戸の兵庫県立精神病院副院長に抜擢され、勤めに励んでいた。白文地は、関西大文学部と立命館大専門部の講師を兼務し、三十五歳。三山は三十七歳。肺結核を患い、和歌山県田辺市から京都市伏見区に居を移し、療養の身だった。

三人のほかに捕まったのは、静塔と同じ病院の医長だった波止影夫《はしかげお》（本名・福永和夫）。二十九歳。大阪逓信局無線課受信係の仁智栄坊《にちえいぼう》（本名・北尾一水《かつみ》）。二十九歳。「特高月報」では、立大予科講師とある宮崎戎人《じゆうじん》（別号・思羽《しう》、本名・宮崎彦吉）。三十二歳。

さらに、「島津製作所職工」の新木瑞夫《みずお》（本名・中村春夫。「月報」は春雄）。二十二歳。「京都市書記」の辻曽春《そしゅん》（本名・辻祐三）。四十八歳。二人とも、前年の十四年五月、「京大俳句」会員に推薦され、編集を担当したばかりだった。

また、仁智栄坊と同じ大阪逓信局勤務の岸風三楼《ふうさんろう》（本名・周藤二三男、二十九歳）は、京都府警川端署に検束された。が、まもなく釈放されたため、「特高月報」には記載されなかったらしい。

栄坊の消息不明で事件を知る

「京大俳句」事件は緘口令《かんこうれい》が敷かれ、報道は一切禁止され、知ったのはごく一部の関係者だけ。それも、数日過ぎてからだった。

八人が捕まった二月十四日。「京大俳句」の東京会員が神戸から上京中の仁智栄坊の歓迎会を、新宿帝都座地階のモナリザで開く予定だった。東京会員は、新俳誌の「天香」創刊のため、二月から「京大俳句」の会員、つまり同人を辞退し、賛助員になったばかり。厳密には旧会員となっていた。

栄坊は十二日、大森の親類に泊まった。翌日、同じ大森に住んでいた西東三鬼を訪ねた。二人で、新宿帝都座に照明技師の石橋辰之助を訪ね、三人でビールを傾け、歓談した。話が弾み、ほかの仲間を交え、改めて栄坊の歓迎会を地階のモナリザで開く計画が決まった。ところが、十四日夕方、渡辺白泉、三谷昭、杉村聖林子と、「土上」同人の東京三（秋元不死男）らも集まっていたが、肝心の栄坊が姿を見せない。そのまま消息不明となる。「急病か、何か事件に巻き込まれたのでは」と、三鬼は数日後、神戸の夫人に問い合わせたところ、栄坊は当日朝、大森の親類宅から京都府警の特高に連行されたことが分かった。驚いて、辰之助らに知らせるとともに、関西の他の会員の安否を探ったところ、平畑静塔ら七人が捕まったのも初めて知った。

事件は、「京大俳句」関係者以外は、ほとんど知らなかった。

村山古郷《こきょう》は、自著「昭和俳壇史」で事件に触れる。古郷は、兄の葵郷《ききょう》の勧めで少年時代から俳句に親しみ、当時、三十歳。兄とともに「東炎」（主幹・志田素琴《そきん》）同人だった。

「新興俳人の人達と全く交渉のなかった私などが、事件の発生を耳にしたのは、一と月も二た月も経た余程後のことであったと思う」。編集していた俳誌「東炎」の印刷所で、新興俳句の会員から「関西では俳人が検挙されているそうですよと聞かされ、初めてそれと知って驚いた」。それも「事件の規模や概要はほとんどわからず」という有様だった。

静塔、編み笠・手錠・腰縄つき

平畑静塔は、検挙当時の様子について、こんな風に話している。その日は神戸市の自宅にいた。

まだ薄暗い朝早く、ドンドンドン、ドンドンドンと表戸を叩く音がした。「誰かが来てるぞ」と、子どもが先に起きて見に行った。「お父さん呼んでるよ」「どこの人だ、おじさんたちは」と言う声も聞こえ、「来おったか」と思った。

二人の刑事に挟まれ、電車に乗り、京都の五条署まで連行された。偶然、車内で病院（注・静塔は副院長）の看護婦と出会う。「先生どこへ行くの、今ごろ、病院休んで」と聞かれ、つい「京都の大学病院へ用事があるんだ」と言ってごまかす。（復刻版「京大俳句」解説・中田亮「事件聞書」）。

京都府警五条署に連行された静塔は、そのまま約四カ月間留置された。
担当刑事は連日、「お前たちの思想は、（ソ連の共産主義文学理論の）プロレタリア・リアリズム論だろう」と責める。「京大俳句」は、治安維持法違反の「国体の変革」や「私有財産制度の否認」を目的に活動していたわけではない。当然合法的な団体である。そう思いながら、静塔は黙秘しながら抵抗した。

平畑静塔が連行された五条警察署

しかし、黙秘すれば、一週間、十日とそのまま放置され、散歩以外は出してくれない。結局、根負けして刑事の言う通りに手記を書いた。下書きも含め、四百字詰め原稿用紙で千枚以上も書かされた。このあと、国宝弥勒《みろく》菩薩《ぼさつ》で知られる広隆寺近くの太秦《うずまさ》署に移され、二カ月間留置される。「ここはほとんど遊びみたい」で、一般調書の清書を頼まれ、町の喫茶店でコーヒーも飲ませてくれた。

やがて、起訴され、未決囚として京都拘置所に収容された。公判が始まり、編笠、手錠、腰縄つきで、裁判所まで看守とタクシーで通うが、その代金約五十銭は静塔が払った。判決が出るまで、病院は副院長としての給与を出し、月給百二、三十円。自宅からの送金は毎月、約五十円。留置場での食事は外から取り、月二十円から二十五円。まだ余裕がある。刑事調べが終わったころ、散歩中に刑事とすき焼きを食うが、「勘定、先生だよ」と言われ、支払った。

太秦署にヒューマニスト・影夫

検挙された波止影夫は静塔同様、京都府警五条署をへて、太秦署に留置され、厳しい調べを受けた。

影夫は京都帝大医学部卒業後、京大附属病院精神科に入局。このあと、静塔とともに神戸の兵庫県立病院に勤めた。学生時代から「京大俳句」に加わり、日中戦争以後は盛んに無季戦争俳句を作った。

「優しい人柄で、涙もろく、内向型のヒューマニスト」（堀葦男評）と言われたが、「京大俳句」（昭一三・一一）に、大胆にも敵兵の中国航空士の死を悼むような句も作った。

パラシュト墜ちる敵機にひらく〳〵見え　　波止　影夫

血も見えず敵飛行士の亡せゐたり

埋めゐて敵なることを忘れゐたり

美しき敵を葬《はふ》りし兵の疲れ

影夫は結局、約一年間拘置所生活を送る。翌昭和十六年初め、仁智栄坊、静塔と共に、懲役二年（執行猶予三年）の有罪判決を受けた。学生時代、京大滝川事件で、反対運動に加わったことが、有罪理由らしい。

この海に死ねと海流とどまらず　波止　影夫

「海流」を国家にたとえれば、滅私奉公の時代を痛烈に批判したような作品。戦後の無季俳句を代表する。

◆◆エピソード――波止影夫と俳優志村喬◆◆

余命いくばくもない老人が、ブランコを漕ぎながら「命短かし　恋せよ乙女……」と「ゴンドラの唄」を歌うシーンを覚えている映画ファンも多いだろう。黒澤明監督の映画「生きる」（一九五二・東宝）である。

その主演俳優の志村喬と、「京大俳句」事件で検挙された波止影夫は昭和十五年（一九四〇）、京都・太秦署の留置場で出会った。影夫は二十九歳、志村もまだ三十五歳の青年だった。

影夫は、全句集の略歴に、こう書いている。太秦署には志村ら映画人数名も留置されていた。特に、「志村喬氏と話す機会が多かった」と。長い留置生活で、志村から映画の話を聞くことが大きな喜びだったらしい。

映画「戦鼓」より志村喬（右）

京都は、日本映画の発祥地。太秦署の付近には、映画会社が並び、幾多の名作も生まれた。

志村は昭和九年、新興シネマ（のちの大映）に入社。伊丹万作監督「忠次郎売出す」でデビュー。十二年、日活京都に移り、多くの劇映画に出演した。志村がなぜ、太秦署に勾留されたのか。

映画は、昭和十四年（一九三九）十月一日の映画法施行以来、文部省の厳しい検閲を受け、許可されなければ上映禁止というひどい措置がとられた。映画、劇団関係者に監視の目が厳しくなる。

影夫同様、太秦署に勾留された平畑静塔は、こう言う。「志村喬ね、あれが連れてこられて、特高刑事にギャンギャンやられていましたよ。月形龍之介、千恵蔵が見舞いにくるんですよ。『なんで志村さん、やられたの』『あいつはプロレタリア演劇を研究している』」（「平畑静塔対談俳句史」）。

十四年七月、プロレタリア作家で、京都・松竹所属の脚本作家、加賀耿二《こうじ》（本名・谷口善太郎＝戦後、京都選出の日本共産党代議士）が、一年前に設立した新日本映画研究所が解散させられた。

八月には、新協、新築地両劇団関係の村山知義ら約七十人が治安維持法違反容疑で検挙されるという新劇事件が起きた。松竹や日活などの映画会社が、劇団と出演契約していたため、特高は、日活京都の志村らの何らかの言動をとらえ、検挙したのかもしれない。

昭和十六年の「特高月報」には、「注意文化団体」として、この年四月創立の日本映画俳優協会関西支部（四百二十名）が上げられ、中心人物に「月形龍之助、志村喬、南光明」の名を挙げ、志村もマークされていた。

しかし、志村はまもなく釈放され、大戦中は日活、松竹、東宝などの作品に出演。戦後は、黒澤監督にたびたび抜擢される。昭和五十七年（一九八二）二月十一日、七十六歳で死去。大戦前夜は映画人にとっても自由の許されない時代だった。

栄坊の従兄は特高だった

この事件で不運だったのは、仁智栄坊である。ロシア語通だった。俳号の「ニチエイボウ」も、ロシア人がよく使う「ニチェヴォー」（「何でもないですよ」）をもじっている。

大阪外国語専門学校を卒業後、大阪・堂島の大阪逓信局に就職する。事件当時、無線課に勤め、自宅で傍受したモスクワ短波放送の内容を情報局に通報するのが仕事だった。しかし、公安に協力していたことは何ら役立たなかった。それどころか皮肉にも栄坊の従兄が、事件を指揮する内務省保安課の担当官だった。

一斉検挙の昭和十五年二月十五日。三日前の十二日、栄坊はたまたま東京に出張、大森の従兄宅に泊まった。神戸の自宅に踏み込んだ京都府の特高らは「やつは逃げた」とあわてふためいたが、公安の従兄は「別の従兄宅に泊まっている。逃げ出すほどに機敏でも間抜けでもない」と伝える。この従兄に連れられ警視庁に出頭。迎えに来た京都の特高二人に西陣署へ連行された。

前記のように、抜き打ちの逮捕で、東京の俳句仲間による歓迎会に出席できなかった。

栄坊はのちに、コミカルな文章で事件について書いている。

「たかが俳句で、『暁の捕物陣』にわが家が現に囲まれようとは、静塔も、白文地も、三山も、そして影夫も、ぼくも思いもしていなかったのだが」。

留置された西陣署の板壁に落書きを発見。一つは出口王仁三郎《わにさぶろう》（注・弾圧された大本教の幹部）の短歌。もう一つは辻潤《じゅん》（注・ダダイストの文芸評論家）の「われここに坐す」。

「留置場担当の若い巡査が、ある日、ぼくをつくづく眺め。――お宅は、王仁三郎の長男そっくりやで。――え？ ――そこに、長いこと坐っとったが」。

特高警部の言うままに、調書を書く。

「句会は面接活動、投句の選は通信活動、然《しか》り而《しこう》して、俳句結社はサークル活動――同人はオルグとして。へへぇ、とぼくは呆然《ぼうぜん》となって教えられ」る。面会に来た妻と妹をわざと待たせ、社会主義的リアリズムの解説を書き続けた。検事調べが続き、西陣署に約八カ月間留置された。

検事は取り調べ中、栄坊の「戦闘機」の作品を褒め、逆に「こりゃ反戦だ」とラク印を押したのは、「砲弾」の句だった。

戦闘機ばらのある野に逆立ちぬ　仁智　栄坊
砲弾が風を切る鶯を探せ

拘置所で出会う栄坊、静塔

仁智栄坊は結局、治安維持法違反で起訴され、京都裁判所裏の京都拘置所の独房に収監される。

ここで、偶然、平畑静塔と廊下ですれ違った。お互いに編み笠をかぶっていたが、それとなく分かり、咳払いで知らせ合う。廊下を隔てた斜めの向かい側同士だった。

栄坊は冬に入った十二月。山科刑務所に移され、強盗三犯の牢名主と同室にされた。

年が明けた昭和十六年の元旦。朝食はアルミ碗に小餅が一つ、ごまめ三匹。十日えびすの日には再び、元の拘置所へ移され、予審判事の尋問が始まる。その四日目、黒塗りの重の差し入れ弁当が届けられ、静塔の保釈を知った。

紀元節の二月十一日。

「午後五時。突然、扉が開き、ぼくは所持品をもって出され、預けた時計と財布を返され、廊下に弁護士とぼくの妻の姿を見た時、ようやく、保釈と判った」。

「――ぼくが（保釈の）最後で。つまり（自分と静塔、波止影夫の）三人だけか？　妻は黙っていて。――起訴されたのは、三名だけですよ」。こうして、栄坊は一年ぶりに、ようやく「ブタ箱」から出された。

「京大俳句」事件の被疑者に対し、取調べ中に肉体的暴力や拷問はほとんどなかったらしい。事件は京都府警の中西警部、高田警部補が中心に担当した。京都の公安担当は、滝川事件や労農派事件などで、知能犯や思想犯の取調べには慣れ、暴力を使えば、逆に口が固くなり、調書も取れない。「（思想犯の取調べの）経験があるからむだなことはやらない」と、静塔も書いている。

それにしても、思想犯と特高刑事が和やかにやり取りしたのは、この時代では珍しい。昭和初期以来、厳しい弾圧事件の先頭を走った京都の公安警察に、余裕が感じられてならない。

幻の「京大俳句」最終号

昭和八年一月の創刊以来、一度も欠刊することがなかった「京大俳句」。それが、予想もしない治安維持法違反で、会員が検挙され、十五年二月号を最後に廃刊に追い込まれた。二月号は押収された。俳誌を手にした人はまれで、終戦後も「幻の最終号」とされてきた。

その最終の二月号は、はからずも最後の会員に推薦された笠原国男がひそかに持っていた。しかし、国男は戦死。そのいとこの俳人杉本雷造（大阪）が戦後、遺品の中から発見した。最終号には、堀内薫の連載「加藤楸邨の芸術的苦悶と出発」（三回目）をはじめ、仁智栄坊「新しき俳句表現の問題」、石橋辰之助、笠原国男らの「推賞する俳句表現」などの評論を載せている。

会員欄「放射塔」には、七人の作品。

兵を送る歓呼荒涼と桑枯れ行き　中島手火之
兵咳きて故園の枯れし桑を夢む

手火之は、出征兵を送る光景に枯れ果てた桑畑を重ねて、暗い心情を詠む。巻末の消息欄に、「（手火之の）弟さんが名誉の戦死をされました」とあり、「兵を送る」の句の兵は戦死直前の弟だろうか。

雪國に頬撲つものを父とせり　杉村聖林子
帰還兵語るしづかな眼を畏《おそ》れる　平畑　静塔
甘美なる果汁くれなゐとなるくちびる　井上白文地

雑詠欄「三角点」は、静塔、辰之助、聖林子、栄坊、昭、白文地が選。のちに石田波郷主宰「鶴」に加わる小林康治（東京）、西東三鬼に師事した鈴木六林男（大阪）の名前も見える。

人罵《ののし》る街煌《くわう》々《くわう》と師走なり　小林　康治

灯を消せば喇叭《らつぱ》が響く夜の蹠《あうら》　鈴木六林男

編集後記は平畑静塔。俳誌が発禁処分にされるとは思ってもいなかったので、文章も意気盛んである。

「さて、今年は、新興俳句の再勃興期たらしめなければならぬのである。熱のある個人作家を中心として我々も大いに頑張らねばならぬと思ふ。分派や主義に余り拘束されることなく、願はれるのは力作力作である」と「力作力作」と二回。

「本誌も新人を加へて今年は新興俳句の推進力とならねば嘘である」と力をこめる。

新興俳句誌最後の華――「天香」創刊

特高に没収され、「幻の最終号」となった十五年二月号の「京大俳句」。その巻末に、新興俳句の新たな総合誌「天香《てんこう》」（四月創刊）の一頁大広告を載せているのが目を引く。

大活字で、「『天香』は新しい俳句のためにある！」「『天香』は新しい俳人のものである！」と、意気揚々としたキャッチフレーズ。

編集メンバーは、「京大俳句」会員を辞退して「天香」を企画した西東三鬼、石橋辰之助、三谷昭、渡辺白泉、杉村聖林子の五人。これに、「土上」の東京三（別号・秋元不死男）が加わり、六人が企画、編集、販売にあたる。「京大俳句」最終号には、「（石橋辰之助君らは）新興俳句総合雑誌『天香』編集のため、会員を退き賛助員となられました」と紹介しているが、「京大俳句」の有力な東京勢が、そろって抜けたことになる。

「天香」出版の経緯については、三鬼の「俳愚伝」に詳しい。

昭和十四年の夏ごろ、東京で新興俳句系の総合雑誌出版の気運が盛り上がったとき、石橋辰之助の義兄が「親ゆずりの大地主の当主で、あらゆる道楽の果に、辰之助の真面目な性格と、俳句の才能のために、罪ほろぼしを兼ねて、資金を出す」と申し出た。思いがけない援助で、義兄が命名した雑誌「天香」は翌十六年三月、早くも発刊にこぎつけたと書いている。スケールの大きい

「天香」創刊号から廃刊の第３号まで

「天香」という本の名前も、義兄の命名だった。

創刊号は百三十二頁。発刊の言葉は、「俳句新興の叫びが興《おこ》つて早くも八年を迎へた。微力ながら、われわれも先輩の驥尾《きび》に付して、その運動に加はつてきた」。さらに、「俳句新興運動の現段階には、一日も早く為《な》さねばならぬ幾多の仕事」として、真に偉《すぐ》れたる新人の発見紹介、排他的結社主義の批判、一般芸術界との交流深化の三点を上げ、超結社の新興俳句系文芸誌を旗印にしている。

作品を載せた俳人は、「京大俳句」「土上」「広場」「俳句生活」「天の川」「旗艦」などの結社を中心に四十人。無季定型が主流で、自由律も混じる。花鳥諷詠の「ホトトギス」調の作品はほとんど見られない。戦争、労働、家族などをテーマにし、戦争を暗に批判、風刺したような作品も目立つ。

軍歌行進露帝《ツアール》の如き痴呆らよ　平畑　静塔
皇居に脱帽して素朴な冬木の立ち　橋本　夢道
木炭バスよろよろ朝の坂を登りつめぬ　横山　林二
吾子征《ゆ》けば月齢かぞふ母の背よ　小田　武雄
小休止口笛の兵ひとり歩む　波止　影夫

鐵うつに何か胸うつ戦争ながし　中台　春嶺
兵迎ふ玉葱にほふ掌《て》に雪ふり　横山　白虹
蹴る足に軍用機数個わたる空　杉村聖林子

一句目の静塔の「軍歌行進」は、無邪気に軍歌を歌いながら行進する精神障害者に、ロシア革命（一九一七）で打倒された帝制ロシアの皇帝の姿を、重ね合わせて詠んでいる。「天香」は総合文芸雑誌として編集され、俳句だけでなく、詩、短歌、文芸時評、エッセーも載せる。俳句評論では、静塔の「戦争俳句以後」を巻頭に飾り、続いて東京三の「自由律俳句は何故栄えぬか」を載せる。横光利一、三田幸夫らのエッセーや北園克衛らの詩も見られる。

爆発的人気の「天香」

発行部数は、素人による文芸誌としてはかなり多い三千部。それが「異常とよんでいい程の好評」（三谷昭）をもって迎えられ、返品はわずか百八十三部だった。「天香」創刊に対し、三省堂で俳書を担当していた俳人阿部筲人《しようじん》は「新興俳壇の綜合雑誌として大きな抱負と使命とをもつて生れた同誌創刊号の美麗さを喜び、前途の多幸を祈る」

と期待を寄せるとともに、石橋辰之助、渡辺白泉、西東三鬼、三谷昭の作品を好意的に評価した。

のちに、特高に検挙され、命を落した嶋田青峰も「天香」発刊に心を弾ませる。

編輯責任者として掲げてゐる六人の名は、皆当今俳壇の若々しい華やかな存在を集めてゐる。それに新興俳句を中心とした文化綜合雑誌といふ標識を掲げてゐるから、若しこれが順調な発展を遂げて行くものとしたら（素よりさう望みたい。）頗《すこぶ》る大きな運動が俳壇に齎《もたら》されることにならう（略）。

綺麗《きれい》なことも「馬酔木」以上、内容並に印刷様式の豊富であり変化に富んでゐることも「馬酔木」以上である。（「俳句研究」昭一五・五）

次号の五月号も発売と同時に完売した。

三谷昭は、編集後記に「創刊号の売行きは僕等の考へてゐたよりもはるかに大きなものだつた。発行後旬日を出でずして発行所には一冊もなく、東京の書店を探しては需要に応ずることとしたが、これとてもなかなか手に入らず……」。「愉しい困惑の気持をくりかへすのは堪らない」。

五月号は、新興俳人三十五人のほか、詩、短歌各二人の作品を載せる。新たに、渡辺白泉

「現代百句鑑賞」と、石橋辰之助選の雑詠欄「天香作品」を始めた。投句者六十三人の中には、戦後活躍する永田軍二（耕衣）や小林康治、桂信子、沢木沢人（沢木欣一）らもおり、多くの若い俳人らから、いかに注目されたかがよく分かる。

頭掻く指花冷の此処に居る　永田　軍二
子を負ひて凭れば冬木の膚ぬくゝ　小林　康治
泣く友を泣かしめ春の月寒き　桂　信子
子を征《ゆ》かしめ遥けく見やる雪の嶺　沢木　沢人

「京大俳句」第二次検挙

俳句新興運動展開を旗印に、創刊され、俳壇の注目を浴びた「天香」は当初、順風満帆を思わせた。しかし、実際は、創刊号発売の約一カ月前、編集陣を震撼《しんかん》させる事件がすでに起きていた。

平畑静塔らが捕まった約三カ月後の五月三日だった。「京大俳句」「天香」関係者六人が突然、検挙された。「天香」が創刊号に続き、二号もたちまち売り尽すという好調なスタートを切っただけに、関係者の衝撃は大きかった。

捕まったのは、「京大俳句」会員一人と、「京大俳句」を離れ、「天香」を企画、創刊した五人。

神田日活館・新宿帝都座の映写技師を勤める石橋辰之助。三十歳。

大阪毎日新聞社会部記者の和田辺水楼（「特高月報」では和田平四郎）。三十四歳。

読売新聞記者の杉村聖林子（本名・杉村猛）。二十八歳。

実業之日本社社員の三谷昭。二十八歳。

三省堂社員の渡辺白泉（本名・渡辺威徳《たけのり》）。二十六歳。

「京大俳句」会員は、高校教諭堀内薫。三十六歳。

六人とも京都の堀川署などに連行された。二十代後半から三十代の新鋭俳人ばかりだった。

この日、「天香」の中心メンバーだった西東三鬼だけが検挙されず、のちに物議をかもすことにもなる。

もう一人、捕まらなかったのは、高屋窓秋。「京大俳句」会員として、「母の手に英霊ふるへをり鉄路」（昭一三・五）といった反戦的な句を発表していたが、昭和十三年以来、満州（中国北部）に渡り、満州電信電話株式会社放送総局に勤めており、運良く難を免れた。

昭、ブタ小屋同然の雑房へ

三谷昭はのちに、このときの逮捕の模様、留置場、調書の手記などを克明に書き残し、当時の監房の劣悪な環境を浮き彫りにしている。

東京に住んでいた昭は、京都府警の警部補ら四人に連行される。所轄の四谷署から丸の内署をへて、京都の堀川署に移される。そこには、和田辺水楼が一日早く拘束されていた。

昭によれば、当時の警察留置場は、かなり劣悪な環境だった。

強姦・強盗・スリ・こそ泥・姦通・万引などあらゆるたぐいの犯人どもと、四畳半ほどの板の間に十人も十五人も押込められての共同生活なのだから肉体的苦痛は相当なものだ。

長い一日の半分ぐらいは虱《しらみ》つぶしに明け暮れる。欠けた汁椀にうすい実なし汁・ぐしやぐしやの麦飯と沢庵の尻尾が三度三度の食事ときては、なんの因果でこんな目にあわねばならぬのかと怒鳴りたくもなろうというもの、しかも豚のような生活がいつまでつづくやら見当がつかない。勤めは即日くびになり収入はまったく途絶えている。東京の家庭の生活のことが頭をかすめる。

「豚のような生活」と書くが、実際は「豚以下」だった。

取調べが始まったのは、約三週間後。調書は、静塔らと同じように「自由主義は赤の温床」を前提にし、「俳句のリアリズム論を、一九二七年七月にモスクワのコミンテルン常任執行委員会会議で決定した『日本に関するテーゼ』の中の『日本の共産主義文芸の基盤はプロレタリア・リアリズムによるべし』という、そのプロレタリア・リアリズム」に結びつけようとされた。

新興俳句のリアリズム論には、生活リアリズムから社会主義リアリズムがあり、中にはプロレタリア・リアリズムもあるが、同一視され、「コミンテルンの指示を啓蒙拡大した」と決め付けられた。

結局、家族や自分の生活を考え、「私は共産主義者ではないのだ。身体をはって死守しなければならないような共産主義思想の持主ではない」と、特高の指示で、専門書を見ながら、コミンテルンとは何か、どんな評論や作品、結社などの活動をしてきたか、などについて手記を書かされた。

同じころ、和田辺水楼も調書を書いていた。

この堀川署に、七月の祇園祭が近づいたある日、肺結核で療養中の身で捕まった中村三山が移送されてきた。三山はまだ体調が悪く、医者で、「京大俳句」会員だった藤後左右が主治医として週二回、注射をしにやってきた。昭は三山と机を並べ、調書を書いた。もちろん、会話は厳禁だった。

三人が調書を終えたら、特高の心証が急に良くなった。昭は、洋食屋からカツライスやエビフライ定食などを署員並みの半額で差し入れ、当直署員に夜の散歩にも連れ出してもらった。雑房とは雲泥の差の優遇ぶりだった。

この点、静塔が調書作成中に刑事に誘われ、喫茶店や飲食店に出かけたのと似ているが、当時でもやはり異例の待遇だったといえる。

約二カ月後、三人は次々と京都検事局に呼び出され、起訴猶予処分で釈放された。猛暑の京都に秋風が吹き始めたころだった。

波郷、「天香」編集協力

石橋辰之助らが逮捕されたとき、「天香」は三号目を編集中だった。すでに原稿は集まっていた。あとに残った西東三鬼と東京三（秋元不死男）の二人で編集を始めた。だが、経験不足でうまく行かない。結局、三鬼は、検挙された石橋辰之助とは「馬酔木」以来の友人で、「鶴」の主宰石田波郷《はきょう》に頼み込んだ。割付や校正を手伝ってもらい、ようやく編集した。一カ月も遅れ、六、七月合併号と銘打ち、発刊にこぎつける。このあと、廃刊を命じられ、これが最終号となった。

編集後記は京三が書く。編集陣が逮捕されたことには触れず「編集同人の過半数が、いろいろ差支へを生じ、本号の編集に参加出来なかったことが、思はざる大遅刊を招いたのであつた」。三鬼も「六月号遅刊のため読者の方々から大分手きびしい催促をいただいた。全く申訳ない」と、詫びた。

内容は、まず孝橋謙二による力のこもった山口誓子論。俳句作品は、富沢赤黄男、三橋敏雄、片山桃史、石塚友二ら三十人。句のテーマとしては、家族や子どもを詠んでいる作品が目立つ半面、反戦、嫌戦気分の漂う作品も少なくない。

「天香」の出版は、昭和十二年七月の「支那事変」以来、日中戦争が泥沼に入った時代だった。十五年は、中国軍の猛反撃が始まり、戦死者も急増する。「天香」発刊前年の十四年五月から八月にかけ、満州（中国北部）とソ連国境付近で起きた日ソ両軍衝突のノモンハン事件では、一万人を超す多数の死傷者が出た。国民精神総動員運動で戦争経済への物的協力が叫ばれ、「ぜいたくは敵だ」の標語に国民も当惑した。

国内外とも「冬の時代」を迎え、「天香」掲載の作品にも、どこか嫌戦ムードが漂う。

遺族章胸に夏手袋膝に　林　三郎
道ほとりまぼろし弾道花散れり　三橋　敏雄
河ながれ夜の唾《つば》にがく吐き去りぬ　山崎　青鐘
春塵に遺族あひ寄り固まりあひ　嶋田　洋一
坂下る英霊の前後木木枯れたり　富永　正元

遺族や英霊は、この時代を象徴する用語となった。

友を思ひ頻杖解けば天に蟬　東　京三
河黒し暑き群集に友を見ず　西東　三鬼

京三の「友を思ひ」、三鬼の「河黒し」の句は、逮捕された仲間を詠んだものと思われる。雑詠欄「天香作品」は、石橋辰之助が捕まる直前に選をしていた。掲載者は創刊時の約三倍、百七十九人にも上る。人気は高まる一方だったが、これも最後となる。

三鬼、ついに捕まる

「京大俳句」と「天香」関係者は昭和十五年の二、五両月、合計十四人が検挙された。ところが、中心人物の一人、西東三鬼だけは官憲の手が伸びなかった。三鬼の勧めで「京大俳句」に加わり、検挙された石橋辰之助や杉村聖林子。当然、三鬼本人も捕まるはずだった。

三鬼は戦後、事件について「現代俳句思潮と句業――俳句弾圧事件の真相」（みすず書房「現代俳句全集」第三巻）や「俳愚伝」に詳しく書く。その中で、検挙されるのが仲間より遅く、苦しんだことにも触れる。

つまり、石橋辰之助は出産間近い妻を抱え、杉村聖林子と渡辺白泉は新婚早々。三谷昭は結核性関節炎でかかとが腫れ、歩行にも難儀しているというのに捕まった。三鬼自身、胸部重患がようやく回復したばかりだが、「私一人が放置され、筆舌につくし難い苦悩だった」というのも無理もない。

辰之助らが捕まった約四カ月後の八月三十日（自伝では八月三十一日）。三鬼にとっては、皮肉にも「幸運」というべきだろうか、ついに検挙された。

東京・大森で一人暮らしだった三鬼はこの朝五時半、部屋に乱入してきた京都府警の特高警部補と巡査、大森署特高、警視庁巡査部長の四人に連行された。俳句雑誌だけでなく、漱石全集など、ほとんどの本が押収された。

三鬼は連行されたとき、長らく検挙されなかった理由について、警部補に聞く。「全国の特高が『赤』の検挙をするときの常套手段であって、いわゆる網の目をのがれた『同志』の出現を見張るための囮《おとり》であった」と明かされ、「私のはらわたは煮えくりかえった」。
留置されたのは京都府警松原署で、特別室と呼ばれた監房。「芝居でみる江戸の牢屋のような、太い格子作りで、正面に高い小さな窓があるだけで暗かった」「南京虫やシラミはいなかった。その房に、賭博で挙げられた連中が充満した」。ここに七十日間入れられた。

特高、こじつけの俳句解釈

三鬼を尋問したのは、京都府特高部の「中西警部というとんでもない出世欲の強い男」。中西警部は、京都で発行されていた「世界文化」関係者を検挙、「京大俳句」殲滅《せんめつ》にかかった。

警察部は、各自に、その作品の自句自解を強制した。それはあらかじめ、チェックしたものに限っていた。警部補は、西東の自解を読んで、それが何等「危険思想」でないのに怒り、不用意にも、彼等は半年以前から、京都在住の新興俳人某（特に名を秘す）を講師として、新興俳句作品の句解を教わっていた事実を洩らした。後日になって某は且《ママ》ての要視察人であり、この講義を引受けねば検束すると脅迫され、已《や》むなく御用をつとめた事を知った。

問題の三鬼の作品は。

昇降機しづかに雷の夜を昇る

「雷の夜すなわち国情不安な時、昇降機すなわち共産主義思想が昂揚するという」。つまり、「新興俳句は暗喩オンリー、暗号で『同志』間の闘争意識を高めていたものだというのである」。あまりの拡大解釈に、三鬼も「呆れかえって笑うにも笑えなかった」。

この年の秋までに、起訴された平畑静塔、波止影夫、仁智栄坊の三人以外は起訴猶予で釈放された。監房に一人残された三鬼は、静塔と三谷昭の手記を参考に、「カンニング手記」を書き上げる。

京都地検で、三鬼は起訴猶予で、釈放された。十一月の初冬だった。検事から「猶予とは『延ばす』ということで、不起訴ではないから、謹慎してこんな俳句は作らん方がいいですよ」と念を押された。

青馬、特高講師説に反発

西東三鬼によれば、京都府警の特高は「京大俳句」関係者らを検挙する半年前、要視察人だった京都在住の「新興俳人某」を講師として呼び、俳句の解釈をさせたという。「新興俳人某」とは誰か。

「俳句」（昭二七・一二）掲載の座談会「風にそよぐ葦」（西東三鬼・石田波郷・山本健吉）に、こんなやりとりがある。

山本　（特高の）講師は誰だ。
西東　わかつてをりますがね。
山本　いひなさいよ。
西東　わかつてをりますがね。新興俳句側の男だよ。彼は三ケ月に亘《わた》っての講師さ。
（略）
山本　誰だい？
石田　N……？
西東　え、、確証はないけれども、いろんな点を綜合すると、彼は要視察人だつたので、まづ引つぱつてね、脅かしつけたんだね。（略）

「N」とは誰だろうか。

「京大俳句」の会員で、論客として活躍した中田青馬の「中田」の頭文字を当てることもできる。

検挙される前月の昭和十五年一月、三鬼らが「天香」発刊の了解をもらうため、「京大俳句」会員と会った。このとき、「特高が最近、身辺に現われなくなったのは、おかしい」と、みなが言い出し、「中田青馬はひょっとしたら警察とつうつうとちがうか」という話が出た（「平畑静塔対談俳句史」）。

青馬自身、疑われているのを知っていた。

「京大俳句」事件後、俳誌「芝火」（昭一五・四）の通信欄に、編集者八幡城太郎に宛てた青馬の私信が載っている。同じ「芝火」同人だった古川克巳著「体験的新興俳句史」から、その私信を転載したい。

「『京大俳句』の偏向のため、僕らまでが大いに迷惑を蒙つてゐます。京都はウルサイです。しかしわれわれオンケン派はしつかりスクラムを組みます」。

仲間だった「京大俳句」関係者を痛烈に批判する内容である。

さらに、青馬は、「芝火」同人の林政之介から自分がスパイのうわさを立てられているのを知り、八幡に弁明の手紙を出している。

「青馬は誌上ではあくまで論争しても、裏へ廻って策動するような、そんなケチな人間ではありませぬ。とりあへず本日（注・昭一五・四・一二）『土上《どじょう》』と『天香』へ詳細の釈明状を出しておきましたが、果して誰がデマの張本人かわからず弱ってゐます」。

事件について、こう書く。「『京俳事件』は勿論大したものではなく、関西行幸をひかへての思想分子の一斉検挙の波にまきこまれて要視察人物たる京俳会員もやられたのです。（略）密告やスパイ行為があってもなくても、一度は納めねばならぬ年貢が『京俳』にたまってゐたわけで、昭和八年行幸以来の大検挙ですから仕方ありません」。

青馬は、「京大俳句事件は大したものではない」と、仲間だった「京大俳句」会員に対し、かなり冷たい態度だった。青馬の私信を読んだ「京大俳句」関係者は、気分を害したに違いない。しかし、古川克巳は「裏切り行為は絶対しなかったと思う」と、青馬説を否定している。

三年前から特高動く

「京大俳句」に始まる弾圧の兆候は、平畑静塔が早々と予感していた。検挙の約三年前の「京大俳句」（昭一一・一〇）に、「諏訪望」の筆名で「無題」に書いている。

「鶏頭陣《けいとうじん》主幹の選句後記に依れば、近来俳句の危険思想に対して当局が目をつけてゐるとの事故《ことゆゑ》吾等は清く豊かな俳句に進まう云々《うんぬん》と云ふのがあつた。之の主幹は帝都の某官営文化事業にたづさわる人であれば、之の言は相当確な筋からの聞き書としてい丶であらう」。

三山、特高を詠む

静塔は、鶏頭陣主幹が「俳句の危険思想を当局が目をつけているので、清く豊かな俳句を作ろう」との文面に対し、強く批判する。

当局が目をつけている俳句が、仮に新興俳句の中の生活俳句だとしても、この短詩型では、左翼イデオロギーの危険な思想や傾向を直接宣伝することは不可能である。新興俳句は伝統俳句を固守したいとする側にとっては危険性があっても、社会不安を呼び起こす危険は断じてない。

「恰《あたか》も政府当局者の意向を確聞せるやの如き口吻《こうふん》を以て、新興俳句を危険視して俳壇に公言されるとは、社会常識の勝れた主幹小野賢一郎氏の言とは覚えられぬ卑怯にして不明の言辞である。敢《あへ》て筆誅《ひっちゅう》する所以《ゆゑん》である」と。

静塔の書く「某官営文化事業」とは日本放送協会。小野賢一郎はのちに、「俳句弾圧事件の黒幕」といわれた小野蕪子《ぶし》だった（第六章「蕪子の暗躍」参照）。

静塔が蕪子の文章を厳しく批判した当時、事態はそれほど深刻でもなかった。その身辺にいよいよ危険が迫ったのは、実にその約三年後だった。

昭和十四年夏ごろから、京都府の特高は、「京大俳句」会員らの身辺を洗い始めた。中村三山は大胆にも特高が自宅に来たときの光景を詠み、「京大俳句」十一月号に「退屈な訪問者」と題して十三句を発表する（第四章「三山の特高俳句」関連）。

特高が擾《みだ》す幸福な母子の前　　中村　三山

特高のさりげなき目が書架に

遊びに来給へと特高君さも親しげに

この作品を発表した当時、仁智栄坊は平畑静塔、中村三山から特高が自宅にきたことを知らされ、そのことを、のちにこう書いている。

「京大俳句」が句会場に利用していた大阪の学士会クラブで、栄坊は静塔から言われる。

――三山のとこへ、特高がきよったが。

その三山は、がくがくと、呼吸器病患者特有の黒ずんだ顔を左右にけいれんさせ。にやにやと口だけ左右にひきつった笑顔で。鉄無地の着物に、背に浮かし紋のある黒い羽織姿で。

――うん、あの、いろいろ辻褄《つじつま》合わんこと訊きよって、ぼくの本棚をじろじろ見てから帰っただけやけど。

検挙される約一カ月前の昭和十五年一月初めだった。

「京大俳句」会員の石橋辰之助、西東三鬼、杉村聖林子、渡辺白泉、三谷昭の五人が、「天香」発刊のため、離脱を決め、その了解を求めるため、辰之助と三鬼が関西に赴いた。大阪の旅館で、平畑静塔、井上白文地、中村三山、和田辺水楼、仁智栄坊、波止影夫らが集まった。その席で、静塔は「気をつけようじゃないか」と皆に注意を促したが、このとき、特高はすでに検挙の準備にかかっていた。

静塔ら三人有罪判決

捕まった「京大俳句」関係の十五人は、京都市内の五条、堀川、西陣などの警察署に留置され、治安維持法違反容疑で特高の調べを受けた。このうち、平畑静塔ら三人は起訴され、有罪判決を受け、九人は起訴猶予、三人は嫌疑不十分で釈放された。

起訴されたのは、静塔のほか、波止影夫、仁智栄坊。検挙後に釈放されたのは、新木瑞夫、辻曽春、宮崎戎人と見られる。残り九人は起訴猶予といっても、二年間は保護監察付き。保護監察司に挙動が昼夜監視され、遠方に出かけるのも、警察に届けねばならなかった。

「特高月報」によれば、静塔は検挙された半年後の昭和十五年八月二十一日に起訴された。

影夫は九月十日、栄坊は九月二十五日。翌十六年二月の公判で、三人は懲役二年、執行猶予三年の有罪判決を受けた。

起訴された三人とも公務員。静塔は公立病院副院長、影夫は同じ病院の医長、栄坊は大阪逓信局に勤務していた。なぜ、三人だけ起訴されたのか。

静塔は、「京大俳句」の編集兼発行人。しかも、プロレタリア・リアリズムなどの文学理論について書いていたためと、自ら推測する。「特高月報」（昭一五・八）には、「(「京大俳句」に）プロレタリアリズム、社会主義的リアリズムに基く所謂《いわゆる》共産主義思想宣伝の為にする論説作品等を屢々《しばしば》掲載」し、「一般大衆に階級的反軍反戦的意識の浸透努む」と、共産主義思想と無理にこじつけている。

影夫は京大医学部時代、学生運動をしていた（静塔の話）。これは、昭和八年（一九三三）、京都帝大滝川幸辰《ゆきとき》教授の刑法学説が反国家的で危険思想であるとして、文部大臣鳩山一郎から辞任を迫られ、軍部・右翼からも攻撃された。滝川教授を支持し、法学部教授団を中心に大学の自治と研究の自由を守る運動が起きたが、結局おしつぶされた。このとき、学生だった影夫も反対運動に加わった。検挙当時も「階級的意識がある」とみなされ、起訴された。

仁智栄坊はモスクワ短波放送を聴き、情報局に報告する仕事が逆に裏目となり、ソ連情報を熟知し、プロレタリア運動に関わっていると決め付けられた。

◆◆エピソード――留置場でパン論争◆◆

「京大俳句」会員のうち、平畑静塔、波止影夫、仁智栄坊の三人以外は起訴猶予九人、釈放が三人だった。起訴猶予処分の西東三鬼、三谷昭、和田辺水楼らは、特高に責められて手記（警察調書の参考）を書き、大体二カ月で釈放された。

起訴された人に比べれば、二カ月は短いとはいえ、自由を奪われ、留置場（監房）に拘束されるのはつらい。精神状態もおかしくなる。

三鬼は、「俳愚伝」で、「拘禁性衰弱症の一例」として、昭と辺水楼によるパン論争を、独特の面白い文章で取り上げる。

東京在住の昭と、大阪の辺水楼は、ともに昭和十五年五月三日に捕まり、京都府警堀川署に留置された。パン論争は二人が手記を書き終え、検事の判断を待っていたときかもしれない。

（二人は）ある日、餡《あん》パンとジャミ（ジャム）パンの優劣の討論を始めた。辺水楼は大食漢で酒を呑まないから、餡パンを支持し、日本人の発明した和洋折衷の典型であることを強調し、昭はパンとジャムは共に外国の物で、それを日本人が筋道を通し、純粋性を尊重しているのは立派であると、日曜の午後を全部費して議論したが、審判の中村三山も勝敗を決し難く、ついに審議未了となった。その後の三日間というもの、餡パンとジャミパンは、顔を合わせてもそっぽを向いていたという。「最高は死刑」の、餡パン食いたい、ジャミパン食いたい、大の男二人、まことに涙ぐましい精神状態であった。

三山も、二人と同じ房にいたらしい。

ところで、餡パン、ジャムパンともに元祖は、東京・銀座の木村屋の製造とされる。餡パンは明治八年（一八七五）、ジャムパンは三十三年（一九〇〇）、世に出た。クリームパンと合わせ、日本の三大菓子パン。昭和十四年には砂糖、十六年にはパン類と、公定価格が決まり、外国製粉の輸入も激減。工場も統合され、菓子パンもだんだん口に入らなくなる。

三鬼が書いたように、最高刑は死刑という治安維持法違反容疑で捕まりながら、本気でパン論争をしたのも、心身ともに飢えていたせいだった。

起訴猶予の白文地、三山、白泉

「京大俳句」創立の主要会員は、平畑静塔のほか、井上白文地、中村三山、藤後左右がいる。白文地と三山は検挙されたが、左右は見逃された。

白文地は、福井県敦賀市生まれ。幼い頃、寺の養子として育てられる。中学卒業後、京都の法華宗学林で宗教を学ぶ。旧制三高をへて、京都帝大では哲学科（社会学専攻）に入る。静塔によれば、「彼（白文地）のように叡智と深慮のあった人間」が、新興俳句の流れに飛び込んだのは、「叛骨と理想の二つの炎が燃えていた」ためである（俳誌「三角点」一六号）。白文地は宗教心に篤いうえ、静塔のいうように反骨精神旺盛で理想家でもある。検挙当時は立命館大、関西大講師だった。

「京鹿子」主宰の鈴鹿野風呂は、愛弟子同然の白文地が検挙されたのを知って驚き、留置された署を訪れている。

「京大俳句事件で捕われの身となって白文地さんは近くの某署に居た。そこは義弟が警察医をして居たので面会自由であった。ある日義弟に連れられ署の一室に来るのを待った。程なく浴衣の上に縄帯をしてあらわれた。十分慰問の言葉をのべられず口をつぐんだ」。

大学講師が浴衣に縄帯という姿を見て、野風呂は声も出なかった。

アカデミの学の青ざめゆく世なり　　井上白文地

我講義軍靴の音にたゝかれたり

「アカデミ」は昭和十一年、「我講義」は十二年の作。自由主義の気風を尊び、反戦的な作品を発表しながら起訴猶予となった。その理由は、具体的に俳句リアリズム論を書かなかったためではないか、とみられる。

釈放後、立命館大講師を退職。太平洋戦争開戦の一年後の十七年十二月、結婚。一粒種の娘を授かったが、戦争末期の二十年三月、四十一歳で応召。思いがけない高齢召集で、過酷な運命が待ち構えていた。

一方、白文地とともに検挙された中村三山は、先の「パン論争」でも書いている通り、三谷昭、和田辺水楼とともに堀川署に留置された。「京大俳句」（昭一四・一一）に、特高を痛烈に皮肉った作品「退屈な訪問者」を発表しているが、それ自体、悪口を言った程度では、特高としても有罪にするのは難しいと見たらしい。また、病身でもあり、まもなく釈放された。

東京・世田谷の自宅から連行された渡辺白泉は四カ月後、起訴猶予となり、釈放された。しかし、執筆は禁止される。昭和十八年四月、三省堂退社後、損害保険統制会に勤めるが、十九年七月、海軍二等水兵として応召。終戦後の九月一日、召集解除となる。

兵舎の八階より飛降りし者あり（略）

海軍を飛び出て死んだ蟇《ひきがえる》　渡辺　白泉

「京大俳句」の主要会員で、検挙されなかった藤後左右は内科医。無季戦争俳句を作らず、社会性俳句などの評論も書かなかったため、助かったらしい。

特高「新興俳句は共産主義」

当時、公安当局は「京大俳句」をどんな組織として見ていたのだろうか。

「特高月報」によれば、平畑静塔ら八人を検挙した第一次事件について、こう書く。

「雑誌『京大俳句』は昭和八年一月、現関西大学講師井上隆證（注・井上白文地）外十数名の同人により創刊せられたるものにして、爾来《じらい》伝統俳句に抗し所謂《いわゆる》新興俳句として無季自由律俳句を主張し自由主義を標榜《ひょうぼう》して発行を継続せる」。

「京大俳句」は新興俳句として、特に「無季自由律俳句」を主張したわけではなかった。

さらに、「特高月報」によれば。

「プロレタリアリズムに依《よ》る俳句を通じて共産主義の正当性を啓蒙せんとするに及び、反伝統俳句、反資本主義、反ファッシズムの闘争を展開して階級的文化擁護を叫び、殊に今次事変（注・支那事変＝日中戦争）発生するや戦争俳句の発表に努め、反戦的俳句を以《もっ》て其《そ》の目的を達せんとせる」と、論調も激しくなる。

結論は、「巧みに合法を偽装して人民戦線的イデオロギーに基く広汎《こうはん》なる活動をなしつつありたるものなり」と、治安維持法違反に仕上げている。

続いて、三谷昭ら六名の第二次検挙に対し、「（平畑静塔らを検挙した二月の治安維持法事件は）新興俳句の名の下に俳句の持つ合法性を巧みに擬装し、反戦反ファッショ運動を通じて共産主義思想の普及に狂奔しつつありたる事実明瞭となりたるを以《もっ》て、更に本月（注・五月）三日関係者中の意識分子と認めらるる三谷昭外《ほか》五名を警視庁、大阪府、兵庫県各当局の協力を得て検挙」した、と書いている。

付記1　治安維持法

猛威を振るった二十年

地方行政の責任者、京都府知事を中心に、共産主義運動と決め付け、犯罪集団に祭り上げられた「京大俳句会」。五七五の小さな俳句世界までを取締った治安維持法とはどんな法律か。また、この法律を運用した特高警察などの公安組織にも触れてみたい。

治安維持法は、加藤高明内閣が大正十四年（一九二五）一月、米騒動後の社会主義運動の再発を抑えるため、廃案となった過激社会運動取締法案と治安維持令を併せ、第五十回議会に提案、激しい反対運動を押し切って可決された。

反対運動を和らげるため、国民熱望の選挙権をまず男子だけに与えるという普通選挙法と抱き合わせにし、いわば、アメ（選挙権）と引き換えに出されたムチ（治安維持法）だった。

この年四月に公布され、五月十二日から施行された。その後、昭和三年と十六年に改定され、対象を広げ、刑罰も重くされた。廃止は終戦直後の昭和二十年（一九四五）十月十五日。ほぼ二十年間にわたって、国民の思想・結社・運動の自由、民主主義弾圧の治安立法として猛威を振るった。

当初、「国体ヲ変革」し、「私有財産制度ヲ否認」せんとする結社と運動の取締り、つまり共産主義運動壊滅が主な目的だった。

「国体変革」とは、統治権の総覧者である天皇による国家、つまり君主制を撤廃し、国民主権の共和制を確立すること。「私有財産制度否認」は、資本主義経済体制を廃止し、共産主義・社会主義による一切平等の経済体制を指している。要するに、治安維持法は、天皇制と私有財産制を守るのがねらいだった。

治安維持法に死刑追加

治安維持法は、昭和三年（一九二八）の緊急勅令（法案を議会で可決せず、天皇の同意で制定）による改定の結果、「結社を組織した者は十年以下の懲役・禁錮」だったのが、「死刑、無期、五年以上の懲役・禁錮」と、死刑と無期懲役を加えた。

さらに、第二次近衛内閣は十六年三月、国家保安法（国家秘密保護法）とともに、治安維持法をさらに強化した新治安維持法を公布、五月十五日から施行した。公布の七カ月後、陸相東条英機は国の政権を握り、十二月八日、太平洋戦争に突入する。

法律の条文はカタカナだが、平易な表現や平がなに直し、句読点を入れて読んでみたい。

第一章（罪）の第一条。「国体を変革することを目的として、結社を組織したる者、または結社の役員、その他指導者たる任務に従事したる者は、死刑または無期、もしくは『七年以上の懲役』（旧法・禁錮）に処す。情を知りて結社に加入したる者、または結社の目的遂行のためにする行為をなしたる者は、『三年以上の有期懲役』（旧法・二年以上の有期懲役または禁錮）に処す」。

第二条。「前条の結社を支援することを目的として、結社を組織したる者は、（略）死刑または無期もしくは五年以上の懲役に処す。情を知りて結社に加入したる者、または結社の目的遂行のためにする行為をなしたる者は、二年以上の有期懲役に処す」。

第三条。「第一条の結社の組織を準備することを目的として、結社を組織したる者、または結社の役員、その他指導者たる任務に従事したる者は死刑、または無期、もしくは五年以上の懲役に処す（以下略）」。

第一条では、軽微な違反でも「三年以上の有期懲役」。第二条では国体変革を目的とする結社の役員や指導者を支援する「目的遂行」を助ける行為だけでも死刑。第三条では「結社の組織を準備」をするという動きがあれば、やはり死刑である。

さらに、第三章に「予防拘禁」を加えた。つまり、刑期が終わっても拘束できる予防拘禁制度を設け、特高や思想係検事のサジ加減ひとつで、何年でも監獄に閉じ込めることもできるという恐るべき法規に仕上げられた。

七万人検挙

治安維持法の対象にされた「結社」は何か。

当初、日本共産党、共産青年同盟、日本労働組合全国協議会を指していた。だが、これらの団体が、弾圧で壊滅状態になった昭和十年頃から、皇道大本教などの宗教活動をはじめ、一般の農民運動や労働運動、消費組合運動、水平運動、学生社会運動、文化芸術活動と、本来合法的な運動までも取締り対象にされ、国民は思想、結社、信仰の自由を完全に奪われた。

その一例は労農派事件。昭和十二年（一九三七）の暮れから翌十三年二月にかけて、労農派の大内兵衛、有沢広巳、脇村義太郎ら学者グループが検挙される。国体変革や私有財産を否定したわけではない。合法的な社会改良運動を進める穏健派だった。

この事件について、宮下弘著「特高の回想」によれば、「われわれ警察官の側からみれば、治安維持法に抵触しない合法の範囲内での運動をこころがけてきたグループまでを、一回の警告もなしにさあ検挙しろというのは、（略）法治国家としていかがなものか（と思った）」とあり、上司の内務省警保局保安課のやり方を暗に批判したらしい。しかし、指示のままに治安維持法を拡大解釈し、大内らを送検した。

労農派事件同様、「京大俳句」関係者らも、法律を拡大解釈され、検挙された。

法律施行後、特高に何人が検挙されたのだろうか。

みすず書房「現代史資料」によれば、一番検挙者が多い年は、昭和八年度（一九三三）の一四、六二二名。昭和三（一九二八）―十七年度（一九四二）の間に、検挙者は六七、〇六三名にのぼる。うち、起訴は五、九七二名（九％）。治安維持法が廃止された昭和二十年十月十五日までに約七万人が検挙された。

「京大俳句」事件当時は、共産党組織も壊滅状態にされ、検挙者も激減していた。つまり、昭和十五、六両年度の検挙はわずか二、〇二九名、起訴は四六五名に過ぎない。このうち「左翼」が一、五六二名、起訴三三三名で、この中には、自由主義者の俳句事件関係者も含まれている。

特高警察

ここで、戦前の警察機構について触れてみたい。

組織は内務省の所管で、ピラミッド型。内務省の下に警視庁、府県・警察署。役職、階級は、内務大臣の下に警視庁警視総監、警視庁部長。府県は警察部長。警察署には警視、警部補、巡査部長、巡査の順。

つまり、内務大臣を頂点に、政府が警察首脳部を直接任命する完全な中央集権体制。組織は、内務省警保局、警視庁、各府県庁・府県警察部。実際の職務としては、内務大臣は主に警視庁を担当し、内務省警保局長が全国の警察権を掌握した。

特高（特別高等警察）は明治四十三年（一九一〇）、幸徳秋水らが処刑された大逆事件をきっかけに、反政府運動弾圧のために設けた警視庁の特別高等課が最初である。その後、主要府県に置かれ、治安維持法の強化に併せ、昭和三年（一九二八）には、全国府県の警察に配置された。

昭和十年代、組織は強化された。警視庁に特別高等警察部、内務省警保局には保安課、全国府県警察部に特別高等課、警察署に特高係が配置された。首都以外の府県警察部は、警保局保安課が掌握した。

検事局の組織は、司法大臣─検事総長─各地方裁判所検事局・思想係検事で構成された。特高警察はこの思想係検事の指示で動いた。

さて、「共産主義者」と、らく印を押され、特高に捕まったらどうなるか。

警察署付属の留置場に拘束され、罪状を認めて調書を終えれば、検察庁に送られる。次いで、思想係検事の調べのあと、予審判事から改めて調べられ、起訴か不起訴かが決められる。ただ、当時の予審判事は特高や検事の調べを追認するのが普通だった。特に、思想犯とみなされれば、裁判所でも罪状を追認され、有罪判決が出た。

ここで、改めて問題にしたいのは、治安維持法が、被疑者に、国体変革や私有財産制度否認という「目的遂行」の意思を認めさせなければ、犯罪が成立しない点である。このため、特高は自白を強要し、ときには拷問の手段も使い、国民から怖れられ、毛嫌いされた。

被疑者の拘束日数も全く違う。

現在の刑事訴訟法では普通、警察署の司法警察員から検察庁の検察官への送致手続きは、逮捕から四十八時間以内。検察官がさらに捜査を必要とした場合、裁判所の勾留係裁判官への勾留請求は、被疑者の身柄を受け取ってから二十四時間以内。十日間、さらに十日間と二回の勾留延長を含め、起訴するのは、少なくとも逮捕から二十三日以内とされている。

しかし、旧刑訴法では、特高などが被疑者を自白に追い込むために、いつまでも留置した。「京大俳句」事件の被疑者三谷昭が、京都の堀川署で、調べもされず、約三週間も留置場に放置同然にされたのは、その一例といえる。

付記2　京都と治安維持法

初の適用は京都学連

京都は明治元年（一八六八）の東京遷都まで千年余の長い間、皇都が置かれ、政治・経済都市として栄えた。祇園祭の運営に見られる通り、京の町衆の自治意識も強かった。一方、首都東京に対する反権力意識も旺盛だった。全国的にも自由主義運動が盛んな土地柄で、反面、国家権力の矢面に立たされた。

赤松小寅・京都府知事は昭和十五年（一九四〇）四月、任期交代に際し、次期川西実三知事への「事務引継演説書」の中で、京都人意識の特異性に触れている。

「管下ノ共産主義運動ハ所謂《いはゆる》学連事件以来京都帝国大学関係者ヲ中心トスル伝統的活動アリ更ニ京大事件発生ノ刺激」で、「潜在的共産主義運動」が続き、「土地的特異性トシテ文化分野ニ於ケル活動ハ全国的尖端」と指摘している。

知事のいう「学連事件」とは、政府による学生運動弾圧の端緒で、大正十四年（一九二五）十二月、治安維持法が初めて適用された。

事件のきっかけは、反戦運動だった。

この年四月、政府は公立の中等、専門、師範学校に軍事教練担当の陸軍現役将校を配属させる勅令を公布した。この法律に対し、全国の学生社会科学連合会（学連）が反対運動を展開。取締りに当たっていた京都府の特高が、同志社大学構内で「軍事教育反対」のビラを発見。施行されてまもない治安維持法の違反容疑で、同志社大、京都大の社会科学研究会の学生二十九人を検挙した。事件は全国大学に広がり、学生三十八人が治安維持法違反で起訴された。

同じ容疑で、特高は河上肇京大教授、河上丈太郎関西学院大教授（戦後、社会党委員長）、山本宣治同志社大講師（後の労農党代議士、右翼テロで刺殺される）ら学者の家宅を捜索した。

知事、「京大俳句」制圧を支持

戦前の京都府知事は、当時の国家組織から当然とはいえ、「京大俳句」事件に伴う取締りの強化を表明している。

赤松知事の事務引継書には、「管下ノ共産主義運動」として、「京大出身者ニ於テ結成サレタル京大俳句会ノ所謂《いはゆる》プロレタリア俳句運動ヲ検挙取調中ナルガ注目スベキハ日支事変発生以来反戦反軍戦時体制ノ矛盾暴露等ヲ目標ニ活発ナル活動ヲ為《な》シ居リタルモノナリ」。「京大俳句会」は日中戦争以来、戦時体制の矛盾暴露などを目標に活発に俳句活動をしていると強調している。

引継ぎを受けた川西知事も、前内務省警保局長の安藤狂四郎知事への引継書で、「管下ノ共産主義運動ハ歴史的ニ特異性ヲ持チ文化分野に於ケル活動最モ深刻ナルモノアリ昨年（注・昭一五）二月以降社会主義リアリズムヲ指導理論トスル共産主義俳句運動『京大俳句会』ヲ検挙シタルガ既ニ検事局ノ取調完了シ予審継続中ナリ」。京大俳句会は共産主義俳句運動として、左翼運動の取締り強化を伝達した。

文化人、相次ぎ検挙

京大俳句事件の前兆ともいうべき文化活動弾圧事件は、日中戦争勃発の昭和十二年（一九三七）前後から京都で頻発《ひんぱつ》している。

昭和十一年の夏から秋ごろ、ひそかに人気を集めた大衆新聞「土曜日」。横書きの題字下に「憩ひと想ひの午后」と書いたうすっぺらなタブロイド版の新聞だが、京都や大阪の喫茶店に置かれ、学生や文化人らが愛読した。文章は易しいが、反ファシズム的な記事だった。執筆したのは、中井正一、真下信一、ねずまさし、新村猛ら京大関係者。編集・発行は、松竹下加茂撮影所の大部屋所属、斉藤雷太郎。隔週土曜の発行で、値段は「三セン」。多いときは七千部も売れたというから大変な人気だった。しかし、突然姿を消した。

「土曜日」より一足早く出された雑誌は、昭和九年七月発刊の「リアル」と、翌十年二月創刊の国際政治情報誌「世界文化」。「リアル」は北川桃雄、田中忠男、天野忠、永良巳十次らが編集し、当時京大生の野間宏も参加した。

「世界文化」は、「土曜日」寄稿の中井正一、真下信一、新村猛らが、モスクワ発行の月刊誌、欧米の人民戦線派の活動などの情報を翻訳して載せた。

しかし、昭和十二年夏、京都の公安担当はこれらの編集関係者を治安維持法違反で一斉検挙にかかる。まず、八月に「リアル」の三人。懲役二年（執行猶予三年）有罪判決。「世界文化」の十二人のうち八人は執行猶予つきの有罪。同時に、新聞「土曜日」の編集者斉藤も捕まった。同じころ、学生運動の情報誌「学生評論」の編集者が捕まり、四人がやはり執行猶予つきの有罪判決を受けた。

東京ではこの年、川柳作家としては初めて鶴彬《つるあきら》が検挙された。

　手と足をもいだ丸太にしてかへし　鶴彬

鶴は、川柳誌「川柳人」に所属。検挙された翌十三年九月、東京・中野区野万署で赤痢にかかった。釈放されず、そのまま病院に収容される。病気は悪化し、死去。二十九歳だった。短詩形文学では国家権力による初の犠牲者だった。

特高が、京大俳句事件に着手するのは、鶴彬が死んで一年半後である。

第六章　広がる俳人弾圧

特高、新興俳句壊滅へ

昭和十五年（一九四〇）、近衛文麿は政府・官僚・軍部・政党・右翼・労働組合から部落会・町内会まで含めた国民組織を結集し、強力な国防国家建設を目指す新体制運動を提唱する。七月、近衛内閣が成立。十月には大政翼賛会を成立させ、運動も本格化させた。

俳壇でも新体制運動に同調する動きが高まった。その一方、嫌戦気分が漂い、生活苦を詠んでいた俳人も少なくなく、内務省警保局は昭和十五年五月、石橋辰之助、渡辺白泉ら六人を摘発した第二次俳句事件に次いで、新興俳句団体の壊滅を狙っていた。

当時の「特高月報」（昭一五・五）によれば、治安維持法違反容疑でマークしていた俳句団体は十指にのぼる。また、要注意の俳誌は「馬酔木」（水原秋櫻子）、「石楠」（臼田亜浪）、「火星」（岡本圭岳）など十一誌だった。

「月報」には、「第二次検挙状況」として「（京大俳句）関係者の意識分子と認めらるる三谷昭外《あきらほか》五名を警視庁、大阪府、兵庫県当局の協力を得て検挙し、引続き取調中なり」と書く。続いて「別記の新興俳句団体は京大俳句と友誼《ゆうぎ》関係にあり、相当容疑のある点あるを以《もっ》て、関係当局に於《おい》て目下内偵中なり（〇印は傾向容疑ありと認めらるるもの）」。

特高で「内偵中」の団体は、「広場」（藤田初巳）、「土上《どじょう》」（嶋田青峰《せいほう》、古家榧子《ふるやひし》）、「東南風」（長谷川天更）、「俳句生活」（栗林一石路《いっせきろ》）、「生活派」（小沢武二）、「天香」（石橋辰之助、西東三鬼＝「月報」では本名・斎藤敬直）。

大阪府の「旗艦」（日野草城）。神奈川県の「芝火」（大野我羊事《がようこと》大野正義）。福岡県の「天の川」（吉岡禅寺洞）。朝鮮では「崖」（山口聖二事《こと》山口成二）とある。

このとき、「天香」の石橋辰之助、西東三鬼はすでに検挙されている。〇印の通り、翌十六年二月、「広場」「土上」「俳句生活」「生活派」（「日本俳句」と改題）の四俳誌の十三人が一斉に検挙された。

問題のプロレタリア俳句

特高は、どんな俳句を問題にし、俳人らを治安維持法違反で検挙しようとしていたのか。

内務省警保局編「社会運動の状況」によれば、プロレタリアリアリズム俳句、反戦俳句として、幾つかの例を上げている。

まず、「京大俳句」では、プロレタリアリアリズム俳句と反戦俳句に分けて載せる。作者名はない。幾つか上げ、俳誌から分かった作者名を加える。
(イ)プロレタリアリアリズム俳句
黙々と鉄槌ふり我等何を得る
風寒し土を担保に金を得る
ビルを背に靴を磨いて生きて居る
ネクタイを締めて薄給かくす夏
晝の灯に活字撰る皮膚の青白く
ホテル建つ爆破が不漁をまねくなり
(ロ)反戦俳句
千人針見て地下道へもぐり込む
観衆は死のないニュース見て拍手　江泉　凡依
聖戦裏寡婦は飢えてぞ妊《みごも》りぬ　大野　澄代

角砂糖の如く崩壊するは兵　　杉村聖林子
戦死者が青き数学より出たり　　杉村聖林子
安死術夜戦の谷の蟹にある　　平畑　静塔
枯れし木をはなれて枯れし木と射たれ　　杉村聖林子

江泉と大野の作品は、雑詠「三角点」(静塔選)に載っている。

一方、警視庁関係では、「各派プロレタリア俳句の作例」として、四つに分ける。

「俳句生活」派(自由律)

搾取され折り重なつた暗い顔びつしり詰めて東京が呻《うめ》く朝の電車　　橋本　夢道
花環をトラックに積んで地主奴《め》の葬式まで陽気だ　　栗林一石路
今日の何もかもメーデー歌の渦にまきこんでしまへ　　横山　林二
いつのまにか鉄砲弾を作る工場となつて交替の夜の汽笛　　神代　藤平

「土上」派(新興)

大軍のその真先はみんな兵　　小田　透一
ナチの書のみ堆《うづたか》しわが独逸《どいつ》語かなしむ　　古家　榧子

「広場」派(新興)

日和雲日々に捷報《しょうほう》ありてかなし　藤田　初巳

「伝統派」（有季定型）

血に染めし我等が旗よ労働祭

秋風や今日もあぶれて又帰り

こうしてみると、自由律系の「俳句生活派」は明らかに社会批判の態度を強く打ち出している。しかし、ほかは、暗い社会を嘆く程度といえる。「伝統派」でも「血に染めし我等が旗よ労働祭」のような社会批判の濃い作品を作っているが、特高は新興俳人だけに的を絞り、全俳壇への見せしめ同然に検挙した点が明らかである。

首都の四俳誌関係者、一斉検挙

その日、つまり昭和十六年（一九四一）の二月五日は厳しい寒さに包まれた。二月十一日の紀元節の直前で、京大俳句会の平畑静塔ら三人に執行猶予付きの有罪判決が次々下りていた。

東京で発行されていた新興俳句関係の「土上」と「広場」、自由律系俳誌「俳句生活」と「日本俳句」の四つの俳誌関係者十一人が、治安維持法違反容疑で一斉に検挙された。続く二月七日と二十一日にも一人ずつ捕まった。「京大俳句」「天香」と、相次ぐ俳人弾圧事件は、首都の俳人たちを震え上がらせた。

被検挙者の職業などは、「特高月報」による。

俳誌「土上」では三人。新興俳句界では長老格の主宰嶋田青峰（本名・嶋田賢平〈「月報」では島田〉）。五十八歳。早大講師。

嶋田の愛弟子の古家榧夫《ふるやかやお》（前号・榧子《ひし》、本名・古家鴻三《ひろかず》）。三十六歳。英語研究社社員。

東京三（別号・秋元不死男・地平線、本名・秋元不二雄）も、この日捕まる。三十九歳。火災保険社員。

「広場」は五人。主宰藤田初巳（本名・藤田勤吉）。三十五歳。三省堂出版部。

細谷源二（本名・細谷源太郎）。三十四歳。旋盤工。

中台春嶺《しゅんれい》（本名・中台満男）。三十三歳。工場自営。

林三郎。三十四歳。商業。

小西兼尾（本名・小西金雄）。三十五歳。煙草・酒小売。

「日本俳句」（「生活派」改題）は平沢栄一郎。五十二歳。化粧品会社社員。

「俳句生活」は四人。代表の橋本夢道《むどう》（本名・橋本淳一）。三十七歳。商店支配人。

栗林一石路（本名・栗林農夫）。四十六歳。同盟通信社社会部長。

遅れて二月七日に、横山林二（本名・横山吉太郎）。三十二歳。繊維。

さらに、二月二十一日、神代藤平（本名・野田静吉）。三十九歳。東京ガス計量器職工。

「特高月報」（昭一六・二）には「左翼文化運動（俳句、漫画）関係者の検挙」として、記録する。

　警視庁に於《おい》ては予《かね》てより新興俳句「土上」「広場」自由律俳句「俳句生活」「日本俳句」並《ならび》に漫画グループ「東京漫画研究所」の行動を内偵中なりしが、之等《これら》の各文化団体は何《いず》れも「プロレタリアリズム」又は「社会主義リアリズム」を基調として俳句の創作発表、又は漫画に依《よ》る大衆の共産主義意識の啓蒙を目的とし居るものなること判明したるを以《もっ》て、本月五日……。

つまり、青峰らは漫画家と一緒に捕まった。司法当局が「大衆の共産主義意識の啓蒙を目的」とした団体として、治安維持法違反とみなした。

春嶺「暴風の記録」

捕まった「広場」の中台春嶺は戦後、個人俳誌「望塵」第二号（昭二三・九）に、体験記「二一・五暴風の記録」を載せ、特高による取調べの模様を書き残している。古川克巳著「体験的新興俳句史」から、一部を転載したい。

私は警察署の二階の、きのこでも生えてきさうな黴くさい特高調室で、もう四時間も前からかうして私がこの世で今までに見知った一番いやな男と向ひ合って居るのである。

（略）

「お前は、高篤三の

・ストーヴやカールの如く死せし友を

・ストーヴやマルクスを読みシェストフを

・ストーヴやローザは女性なりけるに

と云う句を「句と評論」でずいぶん褒めて書いてゐるが、この句をもっと正直に、唯物弁証法的に解釈してみろ！」（略）

「あの句は新しい傾向だったからほめたんです。「句と評論」に書いたのが私の正直な鑑賞で、私の考えはあの文章で尽きているのです。」

「嘘をつけ、カールとローザってのはどんなことをした奴等だかよく知ってるだらう。」

「さあ」

「とぼけやがんな！カールってのはカールマルクスじゃねえか。ローザってのはそいつのかかあだらう。夫婦で共産主義の運動をやりやがったんだ。」

どうだと云はぬばかりに、またしてもぎろりと眼を剝いて、駄目を押してくる。

春嶺は特高から徹底的に責められた。結局、厳しい調べから早く逃れたい一心で、特高が気に入るように説明する。

「吾吾《われわれ》新興俳句の指導者が、彼等（注・一般の俳句愛好者）の意識を啓蒙、昂揚しつつ、俳句を通じて日本全国津々浦々に至るまで共産主義思想を押し広め、無産者大衆を資本主義の暴圧から解放しようと云うのが作者の念願でしょう。」（略）

「さうか、よし。今日はこれまでにして置こう。」

用田に言われて私はホッとした。今までの緊張が一時に解けて、からだはぐったりと熱っぽく喉がカラカラに渇いていたのに気がついた。（略）

用田が、コツコツ（留置場の）覗き窓を叩いて「お願ひします」と声をかけると、中からドアが開き、私はどんと背中を押されて、中へよろけ込む。看守はじろりと私にいちべつをくれてから、外側のドアを閉めて錠をかけ、それから内側の鉄格子の引戸を閉めて念入りに錠をかけるのであった。（略）この蚤《のみ》としらみと小悪人ばかりの房は今の私にとっては唯一の安住の場所である。

文末に、自作を載せる。

独房に春夏逝きてちちろ虫　中台　春嶺

青峰、非業の最期

検挙された「京大俳句」と四つの俳誌関係者二十八人は、ほとんどが三十代。最年長は、五十九歳の誕生日を前にした「土上」主宰の嶋田青峰だった。

青峰は、「京大俳句」事件を聞いて、自分自身に累が及ぶのを案じたのだろうか。検挙前の「俳句研究」（昭一五・一〇）に、「俳人団体の結成を促す」と題し、「滅私奉公」の俳句報国のため、俳人団体の結成を急ぐべきだ、と翼賛体制に迎合した意見を述べている。

しかし、この意見は無視された形で、翌十六年二月、青峰は同人の東京三（秋元不死男）、古家榧夫とともに捕まった。

青峰が逮捕された当日は、持病の肺結核がようやく小康状態となり、風邪の床にあった。

早朝、特高刑事三人に東京・牛込若松町の家を突然襲われ、早稲田署に連行された。留置場は不潔で、病状も悪化し、約半月後に喀血した。

「土上」に加わっていた長男嶋田洋一は戦後、当時の様子について書いている。

（寝台車に寝かされて）帰宅した父は這うこともできぬほど弱り果てていた。骨と皮ばかりにやせて、白ろう色の顔には死相が現れていた。脱がせた着物は、シラミに埋もれて、臭気が鼻をついた。陰惨な警察政治の実感がヒシヒシと胸に迫る思いであった。

その約三年後。「昭和十九年五月三十一日に死んだ。その間、生ける屍同様で、遂に一度も立つことはできなかった」。

青峰は当時、早稲田大学文学部講師で、俳諧研究者。新聞に死亡記事も載るが、関わりを恐れたのか、会葬者は一部の大学関係者と門下生数人という寂しさだった。

不死男、長文の警察手記

昭和初期以来、プロレタリア俳句論などを盛んに書いた論客の一人は東京三（秋元不死男）。検挙された当時、青峰主宰の「土上」同人で、「天香」創刊にも、いち早く協力した。

嶋田青峰、古家榧夫とともに捕まった京三は、東京・高輪署の雑居房に収監される。ここで、ほかの人たち同様、特高刑事から手記を強要され、ときには殴られながら、「左翼俳句運動概観」を書き上げた。四百字詰め原稿用紙で約百二十枚。

書く前に刑事が「天香」関係者の手記を参考に見せる。その中に「『天香』が人民戦線的な運動だった」と書いてあるのを読み、思いもかけない内容に驚いた。結局、「手記の上では完全な共産主義者になり、そして結論で転向を誓った」（「俳句研究」昭二九・一）。

手記は、左翼俳句運動と新興俳句に大別。新興俳句の中の生活俳句は、プロレタリアリアリズムを基調にし、共産主義運動の一環として結論付けるなど、特高の希望に沿って書いた。

つまり、生活俳句運動は「マルクス主義の立場から現実生活、現実社会の矛盾を暴露し、資本主義社会の崩壊と、其の歴史的必然たる共産主義社会の実現を俳句大衆に普及せんとする革命的芸術理論である『社会主義的リアリズム』（或は『プロレタリアリアリズム』）を基調」とし、「『コミンテルン』竝《ならび》に日本共産党の目的達成を支援することを目的に活動して来た左翼俳句運動」と書く。

問題とする生活俳句の例として、西東三鬼、古家榧子、藤田初巳の作品を上げる。

戦死（五句）

工場を擔架《たんか》は糞のやうに出る　西東　三鬼

「死んだ労働者が擔架に乗せられて工場の外に運び出された句」で「『糞のやうに出る』と詠つたところに、作者のプロレタリアイデオロギー」が出ており「資本家にとつて、死んだ労働者は最早や『糞の如く』何の価値も無い」といっていると解説する。

りゆうさん（四句）

硫酸が弟の足をたゞらせる　古家　榧子

母よ嘆くなせいさんしやの時代は必ず来る

「作者の弟が工場で硫酸を浴び、足をたゞらせた出来事を捉へ、其の出来事を通して資本家の搾取を呪ひ」「生産者（無産階級）の支配する時代が来るぞ」。

戦死者還る（四句）

霊迎ふ額につめたき空の青　藤田　初巳

「戦争に対して、冷然とそれを批判してゐる気持がかくされて居ります」。

こうした友人の例句を特高の気に入るように解説した京三も、胸中は複雑だったに違いない。

東京三（秋元不死男）は検挙後、東京・高輪署に十カ月間留置され、起訴された。この間、保険会社の職を失い、次弟が自殺するなど辛い日々が続いた。手記を書き、検事調べが終ったが、釈放されなかった。

昭和十五年十二月十六日。東京拘置所の独房に移され、ようやく十カ月ぶりに入浴が許された。

囚衣は、青い襦袢《じゅばん》、青い褌《ふんどし》、青い袷《あわせ》に青い帯、青い足袋《たび》と青ずくめ。襟には、「七七七」の番号札。

未決監獄では、拘置所備付けの本が読める。本の目録に、同じ日に検挙された嶋田青峰の「俳句の作り方」があり、借りる。特高から、青峰が喀血して自宅に帰されたと聞いていた。青峰は終戦直前に世を去るが、「師の病状を案じながら読んでいると涙が出てきて仕方がなかった」（自選自解「秋元不死男句集」）。

拘置所に収監された京三は、予審判事の調べもなく、一年間余りも放置同然にされる。昭和十七年の東京は、六十八年ぶりの猛暑だった。

ようやく予審が始まったのは、二度目の正月が明けた十八年の一月半ば。霞ケ関の東京地裁で尋問された。

二月十日、ようやく保釈出獄。丸二年間も拘束された。判決は懲役二年（執行猶予三年）の有罪だった。

戦後の昭和二十一年（一九四六）。東京三は、秋元不死男と改号し、獄中でひそかに作り、記憶した百七十二句を発表している。

青き足袋穿《は》いて囚徒に数へらる
編笠を脱ぐや秋風髪の間に
独房に釦《ぼたん》おとして秋終る
獄凍てぬ妻きてわれに礼をなす
獄を出て触れし枯木と聖き妻

作品は、第二句集「瘤」に収める。不死男は新興俳句事件では、ただ一人の獄中俳句作家として注目されるが、清冽《せいれつ》な作品の数々は、腰の据わった不屈の精神を感じさせる。

歳月の獄忘れめや冬木の瘤　秋元不死男

「俳句事件に連座した人々のうちで、後日獄中俳句を発表したものは、他にいない。そういう点からみると、俳壇史上後世に残る一連であるといつても過言ではない」（山畑禄郎「俳句」

秋元不死男句集「瘤」

昭五二・一〇、秋元不死男追悼特集）と、高く評価する人も少なくない。

特高に足蹴にされた源二

藤田初巳ら四人と共に捕まった「広場」の細谷源二。二男二女を抱え、三十四歳の働き盛りだった。若い頃から旋盤工として働き、職場俳句を中心に詠んでいたのが、治安維持法違反に問われた。

留置されたのは、東京・目黒の碑文谷署の雑房。巡査から検事拘留二十九日間の書類を見せられ、二十九日間で釈放されると思っていたら、期間延長の更新手続きが次々とられた。

特高の取調べは、源二の「わが獄中記」に詳しい。警察署の特高室で、警視庁の河野警部補と与田巡査部長に交代で調べられ、ソ連の革命、天皇制、日本の国体などについて、手記を書くよう、命じられたが、思うとおりに書けば、罪が重くなるのでは、と断り続けた。

ある日、刑事の与田が来て、「秋元不二雄（不死男）や古家榧夫も、もう手記を書き上げたぞ、お前もあっさり白状したらどうだ、早く帰れるようにしてやるから、あらいざらい申上げてしまえ」と言う。

「そんなこと言つたつて知らないことは書けません」

「なにつ知らないことは書けないつて、こいつ生意気な野郎だつ」

　与田刑事はいきなり私の髪の毛を摑んでねじり倒し、頭を土足で蹴りとばした。首都東京の特高は、京都とは違い、取調べには平気で暴力を振るった。源二も結局、特高の言うままに手記にかかる。句集二冊の約四百句について、自句自解を書いた。

　鉄工葬をはり真赤な鉄打てり　細谷源二

　逮捕されて約十カ月後、年の暮れに巣鴨拘置所に移される。青い着物の胸に「ロ二〇二一号」の木札。翌年の一月一日。運動場で偶然、橋本夢道を見つける。お互いに編み笠の中から「しばらくだね」と声を交わすが、担当に見付かり、詰問された。

　釈放されたのは、検挙されて一年四カ月後の昭和十七年六月二十日だった。

「獄をたまわる」と夢道

　細谷源二が巣鴨拘置所で、偶然出会ったという橋本夢道。

　夢道は銀座の蜜豆店「月ヶ瀬」の創業者で、あんみつを考案したという変り種だった。しかし、作品は甘いあんみつとは違い、社会を批判したプロレタリア俳句である。

　夢道は、「層雲」（荻原井泉水主宰）の影響で自由律俳句に親しみ、やがて階級意識の強い作品を作るようになる。昭和四年、栗林一石路、神代藤平らと「旗」、六年には横山林二の「俳句前衛」と合流し「プロレタリア俳句」を創刊。「プロレタリア俳句」が発売禁止、押収されると、九年、「俳句生活」を創刊するなど、当局からすでに目を付けられていた。

しかし、俳句運動に情熱を燃やす夢道は、昭和十五年三月、新興俳句の総合誌「天香」の創刊に感激し、東京三（秋元不死男）や安住敦、栗林一石路らと相談、新たに進歩的な俳句総合誌「俳句文化」発刊を計画した。

昭和十六年二月一日。発刊趣意書と原稿依頼書の発送を話し合い、そば屋で湯呑茶わんの酒を飲み、前途を祝った。しかし、この直後の二月五日、夢道らは特高に捕まった。

夢道が留置されたのは、自宅から一キロもない東京・月島署だった。この年の十二月八日朝、巣鴨拘置所で「大東亜戦争の宣戦布告とハワイ襲撃の報」を雑役から知らされ、紙石盤に一句を書き付ける。

大戦おこるこの日のために獄をたまわる　橋本　夢道

ついに大戦の火ぶたが切られた。戦争に反対する私は、国から監獄の独房をいただいた、という意味ととれるが、「獄をたまわる」に、夢道の皮肉と怒りがこもる。

源二ら七人に有罪判決

東京の四俳誌事件で検挙された十三人のうち、起訴されたのは、細谷源二、東京三（秋元不死男）、栗林一石路、橋本夢道、神代藤平、横山林二、古家榧夫の七人。検挙後二年すぎた昭和十八年二月から十一月にかけ、そろって懲役二年（執行猶予三年）の有罪判決を受けた。

このうち、嶋田青峰に師事し、「土上」同人だった古家榧夫は、俳句リアリズム論を提唱し、新興俳句運動の先頭を走った一人。星座研究家野尻抱影の勧めで俳句を始め、石橋辰之助同様に山岳俳句も盛んに作った。

岩攀《よ》づと汝《なれ》を荒雨に見失ふ　古家　榧夫
錨《いかり》星青濡れ人は北を戀ふ

榧夫は、昭和十四年（一九三九）秋、第一句集「単独登攀者」を出し、あとがきに、こう書く。

新興俳句の建設にもリアリズムの提唱にも、常に（嶋田青峰）氏は進歩的にして我等の側にあった。雨飛する中傷のなかに、僕等は静かにリアリズムの大道を歩んだ。今後もまた歩みつづけるであろう。

もちろん、このとき、榧夫は師の青峰が非業の最期を遂げるとは思ってもいなかった。この句集を出してまもない翌年二月、師とともに榧夫も捕まり、二年間もの未決勾留に苦しんだ。

他の人たちは起訴されなかったとはいえ、誰もが心身ともに大きな痛手を負ったのはいうまでもない。

「広場」では、細谷源二が起訴されながら、主宰の藤田初巳は起訴をまぬがれた。理由は不明だが、新興俳句運動の論客で弁護士湊楊一郎は「私は友人の弁護士に冤罪の事情を十分に説明した。（略）手記を書かされるとき参考書や百科事典まで与えられたが、幾度も書き直したが当局の満足するものにならなかった」ため、と推測している（「俳句研究」昭五八・八）。

初巳は起訴されなかったとはいえ、一年余の長期勾留で、ようやく釈放された。

弾圧、地方俳誌へ

「京大俳句」から東京の四俳誌へと続いた新興俳人への弾圧の嵐は、地方の俳誌にまで広がった。思想警察は国民の厭戦《えんせん》的、反戦的な空気を徹底的に排除するため、全国に網の目のように張り巡らせた特高組織を動員し、徹底的に摘発した。

まず、昭和十六年（一九四一）十一月、山口県宇部市の俳誌「山脈」（山脈会）。十八年六月には、鹿児島市の同人誌「きりしま」と、三重県宇治山田市の俳句結社「宇治山田鶏頭陣会」。この年十二月、秋田県の俳句同人誌「蠍《さそり》座《ざ》」の関係者、と相次いで捕まった。「蠍座」の一人は療養中だったが、取調べで病気を悪化させて死亡し、嶋田青峰に次ぐ俳句弾圧事件の犠牲者となる。

秋田県で発行の俳誌「蠍座」

地方では、検挙された俳人の多くは、俳句をのんびり楽しんでいたが、予想外の「大事件」に巻き込まれた。

宇部市の俳誌「山脈」は、山崎青鐘（清勝）ら十人が十六年十一月二十日、突然そろって検挙された。主宰の青鐘は歯科開業医で、夫人も捕まった。同時に、市役所職員、銀行員、菓子屋、貸本屋、大工、画家、詩人と、市井の人たちが検挙された。当人らも面食らっただろうが、町の人たちにも大きな衝撃を与えたに違いない。

青鐘は、大阪歯科医専の学生時代から俳句を始める。吉岡禅寺洞主宰の「天の川」同人となり、十三年十二月に俳誌「山脈」を創刊。無季を容認し、定型にこだわらない自由な作品を発表した。

青鐘らの句に対し、特高は「従来の自然諷詠的既成定型俳句を根本的に排撃し、生活俳句、知性俳句を主張し所謂《いわゆる》無季自由律俳句を唱導」したと、生活俳句を問題にした。「作品中に反戦反軍的乃至《ないし》反資本主義的俳句を網羅し階級的色彩極めて濃厚なるものありたる」(「特高月報」昭一六・一二)とみなした。

十人のうち、青鐘だけが翌十七年五月十日に起訴された。

鹿児島の「きりしま」検挙

太平洋戦争たけなわの昭和十八年(一九四三)六月、今度は鹿児島市の同人誌「きりしま」の三人が検挙された。

「特高月報」によれば、三人は鹿児島日報社社員。新聞記者の瀬戸口武則。三十四歳。大坪實夫(俳号・大坪白夢)。三十七歳。営業部員の面高秀(俳号・面高散生)。三十八歳。大坪と面高は六月二日に検挙される。瀬戸口は検挙予定の前夜、酒に酔って顔に負傷し、入院しただめ、二週間後に身柄が拘束された。
三人は十四年（一九三九）十月、新興俳句を中心にした同人誌グループ「きりしま」社を結成し、機関紙「きりしま」を創刊。約十五人が参加。無季定型の俳句のほか、詩や随筆を載せている。
三人のうち、面高だけが半年後に起訴された。判決内容は不明だが、平畑静塔らと同じように、懲役二年（執行猶予三年）の有罪に処せられたに違いない。

しんくと寄る颱風《たいふう》巨木地に構へ　　面高　秀

受精せぬ胡瓜の花の落つる夜ぞ

「（「しんくと」の句は）プロレタリア階級が資本家に対抗する逞しき姿」。「（「受精せぬ」の句は）不健康なる身の現代社会に相容れざる哀れなる姿を風刺的に描写」（「特高月報」）とある。

眼帯の白きに蝶の親しめる　　面高　秀

もつれあがる蝶々義眼の前うしろ

「戦傷盲兵の痛ましき情景を描写せる反戦的俳句」（同）。こうした解釈は、現代俳人からみれば噴飯ものだが、面高は特高から治安維持法違反で厳しく痛めつけられた。

蕪子の暗躍

小野蕪子《ぶし》は大戦前夜、情報局に通じた俳句弾圧事件の黒幕として、俳人の間で恐れられた。小学校卒業後、苦学して小学校代用教員。大阪毎日新聞社、朝鮮日報、毎日電業社をへて、東京日々新聞に入り、社会部長、事業部長を務める。のち、NHKの前身、日本放送協会の創立とともに転身。参事・業務局文芸部長をへて同局次長兼企画部長まで昇格した。

俳句は高浜虚子、村上鬼城門。昭和四年、「鶏頭陣」を創刊主宰。趣味人で、古陶など古美術の収集、研究にも没頭した。大戦さなかの昭和十八年二月一日、五十六歳で死去。

俳句弾圧にからみ、蕪子の名が最初に浮かぶのは、「京大俳句」だった。平畑静塔は事件の三年前、「京大俳句」（昭一一・一〇）で、俳誌「鶏頭陣」主幹小野賢一郎（蕪子の本名）が、選句後記に、「近来俳句の危険思想に対して当局が目をつけてゐるとの事故吾等《ことゆえ》は清く豊かな俳句に進まう」と書いた一文を批判する。新興俳句を当局に危険視させるような蕪子に対し、静塔は「筆誅《ひっちゅう》する」とまで書いている（第五章「三年前から特高動く」関連）。

この厳しい批判を根に持ち、蕪子は後に当局に情報を流したのだろうか。蕪子は十四年（一九三九）十二月、文部省の戦時国民情操調査委員にも委嘱されていた。

この翌十五年、出版社の三省堂で、好評、発売中だったのは、「俳苑叢刊」と名付けた小型句集だった。加藤楸邨句集「颱風眼」、日野草城句集「青玄」などが出版され、全二十八冊。編集に当たっていたのは、入社早々の藤田初巳と渡辺白泉だった。二人を採用したのは、出版部長の阿部筲人《しょうじん》。

初巳はこう、証言する。刊行が始まってまもない四月のある日、三省堂の重役が蕪子から手紙をもらう。「三省堂には赤い俳人がいる。渡辺白泉、阿部筲人、藤田初巳の三人で、三省堂は教科書の出版をしているだけに、そのまま放ってておけない。三人が赤くないという釈明書を書け」といった文面である（座談会・俳句事件「俳句研究」昭二九・一）。

「京大俳句」事件の直後だった。驚いた三人が釈明書を出すが、白泉は翌月の五月三日に捕まった。さらに、初巳も検挙される。結局、釈明書は反故《ほご》同然になるが、二人の検挙には蕪子の告発と関係があったとみられなくもない。

「宇治山田鶏頭陣会」弾圧

鹿児島市の「きりしま」検挙事件と同じ昭和十八年（一九四三）、三重、秋田両県の俳誌関係者が検挙された。どちらも、小野蕪子主宰の「鶏頭陣」に関係していた。

この年の六月五日（「特高月報」〈昭一八・六〉、「同」〈昭一八・一一〉は六月十四日と記す）、三重県宇治山田市の文化団体「宇治山田鶏頭陣会」の二人が検挙された。

野呂新吾（俳号・六三子、五十歳）と福田三郎。昭和十三年ごろから、小野蕪子主宰「鶏頭陣」の支部ともいうべき宇治山田鶏頭陣会を結成。機関紙「野老《ところ》」には、蕪子も作品や文章を寄せていた。

新吾らの検挙理由は、「プロレタリアイデオロギーに基く作品を発表して俳句大衆に訴求《そきゅう》し多面社会事象を階級的に批判し依《よっ》て以《もっ》て共産主義意識の啓蒙教育に資せむことを企て」（「特高月報」）と、共産主義運動をしたと決めつける。

元朝や顔も姿も常のまま　野呂　新吾
塩ざけの片身にさむき生活かな
食ふことも飲む事もなし秋祭

新吾には、生活苦を訴えるような作品が多い。

しかし、「鶏頭陣」傘下のグループがなぜ、検挙されたのだろうか。この事件も黒幕とされた蕪子は、検挙より半年早い昭和十八年二月一日に死去。ただ、新吾らは検挙前に、「京大俳句」事件の黒幕が蕪子では、といううわさを聞き、蕪子を敬遠したせいではないか、との見方もある。自分が嫌われたのを知って、蕪子は、特高に密告したとも考えられるが、真相は闇の中である。

秋田の「蠍座《さそりざ》」で、犠牲者

同じ昭和十八年の十二月六日。秋田県仙北郡の片田舎で発行していた俳誌「蠍座《さそりざ》」の二人が検挙された。「特高月報」では。

加才信夫（本名・大河隆一）。三十二歳。農業。

高橋紫衣風（本名・高橋䩕晟《けんせい》）。二十六歳。製材業雑夫。

「蠍座」事件について、秋田県の歴史教育学者田牧久穂の調査が詳しいので、参考にしたい。

加才は、肺結核で自宅療養中を大曲署員に検挙される。留置場で、取調べの実情をひそかに記録し、出所後に「抑留日記」を書く。それによれば、特高から「マルクス主義者であることを認めよ」と連日、責め立てられた。

厳しい調べで結核を悪化させ、係官の前で喀血。勾留約一カ月後に釈放された。しかし、病は重く再起できず、戦後の昭和二十一年一月六日、世を去った。三十四歳だった。「土上」主宰の嶋田青峰に次ぐ俳句弾圧事件の犠牲者となった。

一方、高橋は角館、秋田、大曲の各署をたらい回しにされ、約半年間留置された。

「蠍座」は昭和十二年創刊。小学校分校教師畠山隆造のあと、加才が編集を引き継ぐ。永田耕衣や安住敦らを選者に迎え、内容も充実。鈴木六林男らも出句し、新興俳誌として全国的に注目された。

無季自由律で、生活俳句を目指したが「プロレタリアリアリズムの手法に依《よ》るプロ俳句を掲載して同人の左傾化を図りつつありたる容疑事実判明」（「特高月報」昭一九・七）として、検挙された。

三等待合室から弁当もちて兵送る　　高橋紫衣風
三等待合室の兵は着物を着て語らず

加才らは、小野蕪子の「鶏頭陣」や秋田魁新報の秋田魁俳壇（蕪子選）にも出句。「宇治山田鶏頭陣会」同様、蕪子と深いつながりを持ちながら、弾圧されたのは、なぜだろうか。

その理由の一つは、加才が当初使っていた俳号「牧隅《まきすみ》五力《ごりき》」に対し、蕪子はロシア革命期の文豪マキシム・ゴーリキーをもじっているのではないかと見ていた。実際はマルクス・ゴーリキーから名付けたらしい（「蠍座」選者永田耕衣）。

加才が描いた「蠍座」の表紙絵は、当局が危険思想とみなすシュールレアリズムの手法で、これも蕪子は問題視した。高橋の俳論もマルクス主義的であると決めつけられた。

「蠍座」関係者の検挙は、蕪子の死後約十カ月後だった。蕪子の生前から特高は、探りを入れていたものと想像される。というのも、捕まった高橋は、担当の特高警部が密告者の張本人として「小野蕪子と伊藤（注・伊東の誤り）月草、前田普羅、県内では小島彼誰（別号・夕雨＝蕪子の門下生）」の四人を名指しで挙げたといい、この事件でも蕪子の名が最初に出ている。

批判の的に人間探求派

「人間探求派」と呼ばれた中村草田男、加藤楸邨、石田波郷らも、「文学報国」を押し進める俳人一派から厳しい批判の的にされた。

「人間探求派」は、「俳句研究」（昭一四・八）の座談会「新しい俳句の課題」で、企画・司会の山本健吉が、楸邨ら三人の共通する課題が「人間の探求」としたことから、「人間探求派」と総称された。

秋櫻子主宰「馬酔木」の主要同人だった波郷、楸邨が昭和十七年五月ごろ、相前後して「馬酔木」を脱退する。これについても蕪子がからんでいたらしい。

当時、国策に沿って設立された日本俳句作家協会（会長・高浜虚子）の常任理事に納まる蕪子から、理事の秋櫻子の元に「波郷や楸邨が危険人物として当局から睨まれているから『馬酔木』から除名せよ」との電話が、毎晩のようにかかってきた。このため、秋櫻子は「泣いて馬謖《ばしょく》を斬った」らしい。

村山古郷著「石田波郷伝」（角川書店）によれば、「波郷は『編輯《へんしゅう》はやめます。しかし同人としては残して貰えるのでしょう』といったが、『いや、同人もやめてほしいのだ』と秋櫻子はいい切った」とある。

一方、「ホトトギス」同人の草田男は昭和十四年代、俳壇の空気が右傾化する中で、相変わらず、批判精神の盛んな作品を発表していた。

虚子は、昭和十四年六月、七月号の「ホトトギス」雑詠に、草田男の作品を巻頭に据える。七月号作品は、草田男にとって「ホトトギス」最後の発表となるが、花鳥諷詠主義とは程遠い作風。太っ腹な虚子の大胆な選ともいえる。

人あり一と冬吾《あ》を鉄片と虐《しひた》げし　中村草田男

金魚手向けん肉屋の鉤《かぎ》に彼奴《きやつ》を吊り

草田男は、東京の四俳誌弾圧事件が起きたあとの昭和十六年三月ごろ、虚子から「ホトトギス」発行所に呼ばれ、「用心した方がいいよ」と注意される。虚子は「ある役人のような男」から言われた、と次のようなことを話す。

「草田男などはホトトギス陣営にゐながら、俳句文芸の規則とか法則、伝統を無視したやうな放埓な作品を作つてゐる。時局をわきまへない、つつしみのない態度だ」と。「それも虚子の膝下にゐてのことぢやないか。虚子はその監督をハッキリやらないということは不届きだ」といったことも言われた。そして、虚子に念を押す。「京都あたりで、検束などという先例もあることだし、大いに自重して下さい」（座談会・俳句事件「俳句研究」昭二九・一）。「ある役人のような男」は、のちに草田男を糾弾する小野蕪子だった。

「非国民・草田男」と蕪子批判

虚子から注意されたにもかかわらず、草田男はまもなく、自分の思いを率直に表現した作品を発表する。心酔していた川端茅舎《ぼうしゃ》が七月十七日死去したのを悼み、併せて、重苦しい俳壇の空気や自分の身辺を題材にした作品「青露變《へん》」を、「俳句研究」（昭一六・九）に載せた。

汝等老いたり虹に頭上げぬ山羊なるか　　中村草田男
人ひとり簾《す》の動き見てなぐさまんや

前年の十二月、日本俳句作家協会が結成され、俳壇の長老・指導者らは時局寄りの句を作っていた。この草田男の句に対し、蕪子は「時局に協調する先輩を揶揄している」と、厳しく批判した。この意見に一部協会役員らも同調した。また、次の作品も時局をわきまえないエロチックな作品とみなされた。

白布涼しあづまの腰はなほ満てる　　中村草田男
妻抱かな春昼の砂利踏みて帰る

草田男は、虚子の弟子「Ｆ・Ｓ」（深川正一郎らしい）から、「小野蕪子が極度に憤慨している。ただはおかん」「俺が息をひきとるまでは、俳壇に一人の非国民の居ることもゆるさない」と言っていた、と忠告を受ける。蕪子が告訴するとも聞いた草田男は「虚子先生に迷惑がかかっては」と蕪子に直接会って事実確認をしたいと決心。何回も門前払いをされた末、ようやく会う。結局、「ホトトギス」同人を辞退し、虎口を逃れた（「俳句研究」上掲）。

第七章　「俳句報国」時代

新体制運動始まる

昭和十五年（一九四〇）から翌十六年にかけて、国民は現人神《あらひとがみ》の天皇を仰ぐ日本主義イデオロギーに凝り固まった異様な時代を迎えた。政治を批判し、生活に不満を漏らせば、「非国民」とか、「アカ」呼ばわりされた。共産主義運動だけでなく、自由主義者の学者、文学者、一般市民までが治安維持法違反で捕まり、特高から徹底的に絞られた。

俳句界では、治安維持法が初めて適用された「京大俳句」事件。続く首都の四俳誌、地方の俳誌の検挙が続き、新興俳句運動も息の根が止められた。

「京大俳句」関係者らが警察の留置場で、特高から激しく責められていた昭和十五年夏。近衛文麿とその側近を中心に推進された政治体制再編の新体制運動。長引く日中戦争にも飽き飽きしていた国民は、これに大きな期待を抱く。近衛が天皇の最高諮問機関、枢密院の議長を辞め、新体制確立のため、立候補を表明すると、既成政党はこぞって解散し、右翼・軍部も賛同した。

熱狂的な支持で発足した第二次近衛内閣は十月、新体制運動をすすめる大政翼賛会を結成した。首相を総裁に、官僚、軍部、政党、右翼からなる役員で構成。道府県の支部長は知事が兼任。しかし、翼賛会は結局、国民の期待を裏切り、自由を奪うことになる。大戦中の昭和十七年六月には、産業報国会、大日本婦人会、町内会、隣組と末端組織までを翼下に収め、国民一人ひとりの一挙一動を監視するという恐るべき統制機関に変わった。

この当時、ラジオのスイッチを入れると、決まって国民歌謡のトントントンカラリの「隣組」や「紀元二千六百年」の歌が流れた。巷には官製標語の「八紘一宇《はっこういちう》」「一億一心」といった文句が飛び交った。

伊東月草、檄《げき》飛ばす

新体制運動が始まった当時、国民の期待もふくらみ、時局に便乗して名を高めた俳人も少なくない。

たとえば。大須賀乙字系の俳誌「草上《そうじょう》」主宰、伊東月草。新体制にふさわしい俳人団体を速やかに結成すべきだ、と、猛運動を始めた。

「この昭和維新に際会して、新体制に協力しないやうな非国民はあるまい」と脅迫的な文章も書き、全国四十数誌の結社に檄《げき》を飛ばした。

これを受ける形で、新興俳人の嶋田青峰は、「俳人団体の結成を促す」と、「主義主張を後にして、新体制翼下に参ずる覚悟を先にせよ。その上で例《たと》へ団体としての一分科内にあつて、それぐ〵俳句報国の為に働けばよいではないか」(「俳句研究」昭一五・一〇)と「俳句報国」を訴える。皮肉にも、青峰が検挙されたのは、この掲載の三カ月後だった。環境の悪い留置場で肺結核が再発し、喀血、俳句事件初の犠牲者となる。

青峰の寄稿に続き、「ホトトギス」同人の皆吉爽雨は、新体制にふさわしくない俳句は「奇異不可解な表現、不熟不自然な成語造語、対象への独善的な偏執等々」で、「(こうした面の)すべてがすゝぎ落された浄身こそ、新体制が求める一員なのだ」と書く。悪い例として、小沢碧童、松村蒼石、太田鴻村、三橋(東)鷹女らの作品を上げる。

蚊帳たゝむ朝々裾のつまみかな　小沢　碧童

秋風す神の帷《とばり》の透きにけり　松村　蒼石

照り雲や山の迫りの身に徹る　太田　鴻村

ひまはり黄に毛蟲のごとく汽車停る　　三橋　鷹女

爽雨は「つまみかな」「秋風す」「照り雲」「毛蟲のごとく」といった表現が良くないと厳しく批評したが、「俳壇新体制」とからめて批評された側は、相当応えたに違いない。

滅私奉公の俳句作家協会結成へ

新体制運動に呼応し、情報局の指導で、日本の文学界は、ジャンル別に国策便乗型団体が次々と結成された。日本文学者会、大日本詩人会、日本小国民文化協会などで、俳人もさっそく結成したのが日本俳句作家協会だった。

協会結成に力を入れたのは、新興俳句弾圧の黒幕とされた小野蕪子。随筆「海浜ホテルにて」(「俳句研究」昭一六・三) の中で、こう書いている。

「協会をつくることは無論異議の挿《はさ》みやうはないが、此際《このさい》思想問題を清掃したい、思想が混濁してゐては協会も名のみになりはしないか」

蕪子が問題とする思想は、「赤！　反軍！　軟弱！　これらは当然排除さるべきもので、転向したと称しても何等転向の証左のない人は当局でも決して油断してゐないらしい」と、反軍思想、自由主義者らも排除すべき、とし、「当局も監視しているぞ」と、脅迫めいた文句を連ねている。

「京大俳句」事件が起きたのは、この年の春だが、「案外な人が俳句といふ詩形を仮（借）りて、潜んでゐたといふことに驚かされた」と、頭から思想犯と断定している。こうした脅迫的な一文が、俳句総合誌に掲載されたのも時代のせいというべきか。

「ホトトギス」の重鎮の一人で、逓信省次官も務めた富安風生も、協会設立を歓迎する。「九月はじめ、伊東月草氏や西村月杖氏が口火を切った俳壇新体制運動」が、日本俳句作家協会として誕生しようとしているのは、「一俳壇人としてまことに嬉しく思ふ」。「一切の『私』を滅して、奉公翼賛の一助たらうとするところに、会の使命がある」と、滅私奉公を強調した（「草木愛」昭一六）。

秋櫻子、虚子と十年ぶりに握手

こうして、日本俳句作家協会は昭和十五年（一九四〇）十二月二十一日、東京で結成式を挙げた。

当初、「ホトトギス」系俳人の間で、自由律や無季容認の新興派を外し、伝統派だけで協会を結成する、との構想がまとまった。一方、新興俳句側にも別の協会結成の動きが見られた。

しかし、監督官庁の情報局は、日本俳句作家協会の名前にふさわしく、俳壇全体を包括した組織にすべきだ、との意向を示した。結局、第一部の伝統派（有季定型）と、第二部の自由律（内在律と改称）、新興派（無季容認）に分けることで決着した。

結成式は、東京・麴町区内幸町大阪ビルのレインボウグリルで催され、内閣情報局や大政翼賛会の幹部らも列席。宮城遥拝、護国の英霊に黙祷、皇居と皇軍将士の武運長久祈念と続き、役員選任、綱領、事業計画などを採択した。

会長には高浜虚子が就任。常任理事は三人。俳人としてはそれほど著名でもなかった日本放送協会業務局次長兼企画部長の小野蕪子。逓信省次官で日本放送協会理事も務めた富安風生。自由律俳句から「海紅」主宰の中塚一碧楼。会計理事は麻田椎花。

理事六人の一人に、水原秋櫻子が抜擢された。

秋櫻子は昭和六年十月、「自然の真と文芸上の真」を「馬酔木」誌上に載せ、師の虚子に反旗を翻した新興俳句運動の立役者だった。この日、虚子と十年ぶりに顔を合わせた。久しぶりの対面について、虚子は「東京日々新聞」で、こう書いている。

立派な国民精神を俳句によって作り上げるといふ目標の下に大同団結する。秋櫻子とは十年ぶりに会つたが向ふも何だか懐しがつてゐたやうだつたよ。

滅私奉公の俳壇新体制に向けて、愛憎半ばの師弟が、組織を共にするのは、実に皮肉と言わざるをえない。

理事はこのほか、臼田亜浪《うすだあろう》、星野麦人《ばくじん》、渡辺水巴、赤星水竹居《すいちくきょ》。自由律俳句からは、「層雲」主宰荻原井泉水。

評議員は、村上霽月《せいげつ》、柳原極堂《きょくどう》、青木月斗、飯田蛇笏《だこつ》、高野素十、前田普羅、山口青邨、久保田万太郎、佐藤紅緑、杉村楚人冠《そじんかん》ら「ホトトギス」系の長老・中堅、文人が過半数を占めた。自由律俳句は一碧楼の弟子の喜谷六花《りっか》と細谷不句、井泉水の弟子の秋山秋紅蓼《しゅうこうりょう》と小沢武二が参加した。

俳句協会、軍隊に献金

俳句協会の綱領は、

一、日本文学としての伝統を尊重する健全な俳句の普及

一、国民詩としての俳句本来の使命の達成

一、俳句を通じての時局下国民の教養

と、「俳句は伝統を尊重し、国民詩である」点を強調する。

また、「本会は思想の健全なる俳句作家にして本会の趣旨に賛し理事会の承認を得たる者を以て組織す」とある。「思想の健全なる俳句作家」とはつまり、日本が大東亜共栄圏の盟主になるべく、国民精神総動員運動にも全面的に協力するような俳人であろう。

帝國・米英に宣戰を布告
朝日新聞
對米英宣戰の大詔發布
布哇比島を決死空襲
新嘉坡を大爆撃
上海で英艦撃沈、米艦降伏
我空軍ホノルル大爆撃
眞珠灣で米艦船二隻轟沈
米戰艦オクラホマ炎上す

太平洋戦争勃発を報じる「大阪朝日新聞」
昭和16年12月９日夕刊

理事らは翌十六年二月、情報局会議室で、情報局と「時局懇談会」を開き、事業の打ち合わせをする。三月、銀座松屋で、作品の短冊、色紙、半切即売展を催し、売上金四千二百九十二円を陸海軍の傷病兵治療に献金した。続いて四月、陸軍、海軍両省に各千八百六円六十四銭と、作品の半切、色紙、短冊を献納する。

太平洋戦争（大東亜戦争）の火ぶたが切られた約二カ月後の昭和十七年一月二十五日、第二回総会で、役員が改選された。常任理事を三人から二倍の六人に増やし、理事だった水原秋櫻子、渡辺水巴、評議員だった山口青邨を昇格させる。

理事も三人増やし九人。井泉水は辞任し、飯田蛇笏、大橋越央子《えつおうし》、久保田万太郎らが加わった。評議員は二十四人から四十六人と大幅に増加。この中に、山口誓子の名前もあり、まさに挙国一致の「俳句報国」組織が整えられた。

文学報国会俳句部会発足

ジャンル別に結成された文学団体は昭和十七年（一九四二）六月、内閣情報局と大政翼賛会の指示で、一元的な官許団体「日本文学者会」（仮称）をへて、日本文学報国会の下に、それぞれ部会として編入された。

部会は小説、劇文学、評論随筆、詩、短歌、俳句、国文学、外国文学の八つのジャンル。約一年半前に結成された日本俳句作家協会も、日本文学報国会俳句部会として組み込まれた。

俳句部会には、新たに川柳人も加え、川柳分科を設けた。組織は部会長を頂点に、部会代表理事―幹事長―常任理事―幹事―評議員―参事と、完全なピラミッド型で構成された。

頂点に立つ部会長には、高浜虚子。部会代表理事に水原秋櫻子が就任した。秋櫻子は、かつて虚子に反旗を翻したとはいえ、「俳句報国」事業に積極的に協力した点が認められたのか、虚子に次ぐ部会代表理事に就任したのも、極めて異例といえよう。

幹事長に富安風生。常任理事は伊東月草、深川正一郎、山口青邨ら七人。川柳は前田雀郎が加わる。幹事は飯田蛇笏、臼田亜浪、川上三太郎（川柳）ら十人。評議員は柳原極堂ら長老格十二人。参事は阿波野青畝、高野素十、中田みづほ、星野立子、山口誓子ら六十人。うち、川柳は岸本水府ら二人。

部会役員に蕪子の名前はないが、発会後の理事会で、青邨とともに審査委員に推薦され、「影の実力者」に納まっている。

文学報国会は六月十八日、東京の日比谷公会堂で発会式を挙げ、会長に評論家徳富蘇峰が就任。会員は二千余。ほとんどの文学者が参加。東条首相、谷情報局総裁が祝辞を述べる。各部会の代表が宣誓し、俳句部会は「ホトトギス」同人の深川正一郎が宣誓した。

定款の最初に「本会ハ全日本文学者ノ総力ヲ結集シテ、皇国ノ伝統ト理想トヲ顕現スル日本文学ヲ確立シ、皇道文化ノ宣揚ニ翼賛スルを以て目的トス」と皇道文化の振興を華々しく掲げる。

会の目的は「皇国文学者トシテノ世界観ノ確立」。軍部・右翼の皇国思想とも一致し、そこには文学特有の自由な発想は微塵も見られない。文学者の自由な思想、表現は、完全に封じ込められ、まさに言論報国の暗黒時代に入った。

この時代の文学者の動向について、評論家平野謙は戦後、「ファシズムに迎合し、天皇中心の日本主義イデオロギーに支えられた根っからの文学者はジャーナリズムの主導権を握った」と、鋭く指摘した。

文学報国の「俳句年鑑」

太平洋戦争開幕から一年後の昭和十七年（一九四二）十二月十九日。俳句部会幹事会は、会員の作品を収めた「俳句年鑑」（日本文学報国会編）を、十八年度中に発刊する計画を決めた。伊東月草、伊藤柏翠《はくすい》、深川正一郎ら六人が編集委員となり、日本軍の敗色も濃くなった十九年二月、ようやく発刊に漕ぎつけた。

参加者は五百七人。五句ずつ掲載。併せて、会員略歴、句集・評論などの著作を載せる。「年鑑」には、部会長の虚子の序文はない。冒頭は、新体制運動に向けて檄《げき》を飛ばした伊東月草が「昭和十七年俳句界概観」を書き、相変わらず威勢のよい言葉を連ねる。

「昭和十七年の俳句界は、思想的にいつて、昭和十六年十二月八日（注・太平洋戦争開戦の日）にはじまると考へてよいであらう。その日からわれくの人生観は一変し、句作の態度も変つた。自由主義、個人主義の上に立つ、芸術至上主義、乃至《ないし》享楽的耽美主義を清算し、新らしい世界観の樹立と、皇道主義、全体主義の上に立つ新らしい文学理念の確立とが強く叫ばれた」。

　自由主義や個人主義ではなく、皇道主義、全体主義を基本に俳句を作るべし、と訴える。続いて、十二月八日の「感激を直接うたひあげた作品」として、次の句を飾る。

大詔《たいしょう》渙発《かんぱつ》桶の山茶花静にも　　渡辺　水巴
うてとのらすみことに冬日凛々たり　　臼田　亜浪
かしこみて布子の膝に涙しぬ　　富安　風生
冬霧にぬかづき祈る勝たせたまへ　　水原秋櫻子
マスクせる兵の感涙きらびやか　　飯田　蛇笏
かしこし勅《みことのり》、昼はふたりきりの箸をおく　　荻原井泉水
霜の日座つて飯を食つてゐる幸を泣く　　中塚一碧楼

平常心の誓子、波郷俳句

「俳句年鑑」の作品は、時局に迎合した句ばかりと思うのは、早計といえる。大戦のさなかとはいえ、平常心で風物をとらえ、静かに自分の感慨を詠んだ作品も少なくない。俳句に

皇道主義・全体主義の確立を声高に叫んだ俳人らが俳壇の実権を握っているとはいえ、石田波郷らは時局に汚されず、俳句固有の作品を目指していた。

花ちるや瑞々しきは出羽の国　石田　波郷
炭つぐや静かなる夜も世は移る　五十嵐播水
冬雲獲て蘆ことごとく立ち騒ぐ　大野　林火
柿の朱に還りてねむる荒御魂　加藤　楸邨
業火免がれ暁の魂棚灯る家　木村　蕪城
短夜や遠きいくさの移りゐる　小杉　余子
戦線おもふくらしきびしくそばの花白く　清水　月丹
しきりなる落花のなかに幹はあり　長谷川素逝
ゆく雁の眼に見えずしてとゞまらず　山口　誓子
外套の裏は緋なりき明治の雪　山口　青邨

波郷の「花ちるや瑞々しきは出羽の国」、誓子の「ゆく雁の眼に見えずしてとゞまらず」、青邨の「外套の裏は緋なりき明治の雪」などは、詩性豊かな作品で、今も代表作として残る。自由律の月丹の「戦線おもふくらしきびしくそばの花白く」は幾らか反戦的で、「年鑑」にふさわしくなかったかもしれない。

秋櫻子、風生の報国俳句

「俳句年鑑」に、部会長・虚子や部会長代理・秋櫻子ら役員らはどんな句を発表しているだろうか。

虚子の作品は。

一切の行蔵《こうぞう》寒にある思ひ　高浜　虚子
日の本の武士《もののふ》われや時宗忌

一句目。「行蔵」は「世に出たり隠棲すること」、つまり「出処進退」。自分の「一切の行蔵」は、まるで「寒にある思ひ」である、と、時局の俳壇の頂点に立ちながら、虚子の心中は、どこか冷めている。二句目は、蒙古軍と果敢に戦った北条時宗をたたえ、自らを鼓舞している。

秋櫻子は昭和十二年の日中戦争以来、「ますらをの手に汗湧けり銃《つつ》とる手」といった聖戦俳句を盛んに作っているが、部会長代理に就任以来、さらに「俳句報国」に情熱を傾ける。

わが機翼群島をおほひ春立ちぬ　水原秋櫻子

遠つ御世の勝歌きこゆ建国祭

シンガポール陥落

春の雪天地を浄め敵亡ぶ　秋櫻子

「シンガポール陥落」は、昭和十七年（一九四二）二月。日本は前年十二月、開戦の火ぶたを切ったばかり。日本軍が敵を滅ぼし、汚れた天地を春雪が清めたという句である。

秋櫻子が昭和六年、「自然の真と文芸上の真」をうたい、虚子の元を去ったころを「光の時代」とすれば、日中・太平洋戦争のころは「影の時代」といっていい。読む側も毀誉褒貶《きよほうへん》著しいものがあろう。

日本は南進すべし芋植うる　小野蕪子
大詔《たいしょう》を心の灯とし炭をつぐ　伊東月草
高射砲鳴り出で松の緑立つ　臼田亜浪
冬山冬の水あきらかにしてこの敵を撃つ　中塚一碧楼

波郷らの句に比べ、まさに報国俳句で、文学的価値もない。この当時、俳句事件で検挙された東京三（秋元不死男）は、東京拘置所の寒い独房に収監され、「青き足袋穿《は》いて囚徒に数へらる」などの句を作っていた。

脅迫に屈した草城

「俳句報国」の時代。周りから白い目で見られ、身の危険すら感じた俳人も少なくない。特に、新興俳句運動を推進した日野草城、吉岡禅寺洞、横山白虹。俳句部会の会員ともならず、「俳句年鑑」にも作品を載せていない。

草城の主宰誌「旗艦」は、新興俳句運動の雄とされ、水谷砕壺、井上草加江、富沢赤黄男、安住あつし（敦）、神生彩史、片山桃史、西東三鬼、喜多青子、古川克巳、藤木清子、桂信子ら多数の新進気鋭の俳人が活躍した。

草城自身、第四句集「転轍手」（昭一三）に、日中戦争をテーマにした戦火想望俳句「戦話」を載せ、草城俳句の一金字塔を築く。

両眼を射貫《ぬ》かれし人を坐らしむ　　日野　草城

天皇陛下万歳と呼び得て死にき

「天皇陛下万歳」の句について、「時代を鋭く照射する草城一代の戦争俳句の傑作」（「俳句研究」平元・七）と、評論家川名大は高く評価しているが、事実、その通りであろう。

しかし、天皇を句に詠むという自由で、大胆な俳句を発表できたのは、この時代までだった。

草城は昭和十五年の「京大俳句」事件が起きると、「旗艦」からいち早く身を退く。五年前の創刊号に「自由主義ニ立場ヲトル」と宣言したが、この年十月号の巻頭に「旗艦に於ける新体制」として、「右傾化」を宣言。「皇国日本は、今や国を挙げて入らむとする」「旗艦も亦《また》その体制を新たにし、（略）国策に協力せんとするものである」と書く。

十五年十二月、日本俳句作家協会が結成された当時、「旗艦」十二月号に、「休職理由」を載せる。健康と仕事上の理由で、雑詠選を辞め、指導の立場を退くとし、俳壇からも離れた。まだ三十六歳である。

「旗艦」は翌十六年六月、雑誌統合令で「瑠璃《るり》」（朝木奏鳳主宰）、「原始林」（鈴木六林男ら）と合併し、「琥珀《こはく》」の名で発足した。このとき、草城は顧問を引き受けたが、やはり身の危険を感じたのか、三号で辞退する。

俳壇から身を引いた理由について、草城は戦後の昭和二十四年（一九四九）、主宰誌「青玄」二号の「日光草舎随筆」の中で、俳人仲間から脅迫めいた忠告を受けたことを明らかにした。

「多少とも自由主義のにほひを帯びたものに対する当局の圧迫はだんだん露骨になつてきました。先輩や友人の数氏が無残な取扱ひを受けたことを聞き、また私自身の身辺にも不気味な空気が漂ひ始め、殊に官憲と特別な関係にある某氏から脅迫的勧告を一再ならず受けるに及んで、絶大なる国家的暴力に反抗して自らを破ることの愚かさを侮り（知り?・）、筆を折る決心をしました」。

草城に「脅迫的勧告」をした「某氏」について、評論家復本一郎は、「草城を『琥珀』のリーダーの地位から無理やり降板させた張本人は、（小野）蕪子その人ではなく、蕪子の意を汲んで『親切なお手紙』（注・富安風生から草城に宛てた忠告の手紙）によって『脅迫的勧告』の挙に出た風生だったと推断してよいのではなかろうか」と推測する（俳句を変えた男　日野草城「俳句」平一六・六）。

禅寺洞、時局に逆らえず

一方、もう一人の新興俳句運動の指導者、吉岡禅寺洞も、俳壇から身を退く。主宰誌「天の川」に昭和十年、無季俳句欄を設け、「ホトトギス」同人のまま、新興俳句運動に加わった。ここから、内田慕情、篠原鳳作、横山白虹、と優れた俳人を輩出するが、虚子の批判を浴び、草城とともに「ホトトギス」同人を削除された。

この反骨精神旺盛な禅寺洞も、結局、時局には逆らえなかった。昭和十五年十月号の「天の川」に「今後〈新興俳句〉の名称を放棄します」と、妙な宣言文を載せ、新興俳句運動から離れた。「旗艦」の草城が新体制協力を宣言したのと同じ頃で、新興俳句の二大誌がそろって当局の圧力に屈したのである。

禅寺洞は当時、総合俳誌「俳句研究」の雑詠欄を担当していたが、十七年十月号の編集後記に「吉岡禅寺洞氏は、一身上の都合で今年限りを以《もっ》て選句を辞されることになりました」とある。俳壇から身を引く姿勢を買われたのか、検挙はされなかった。「天の川」は十八年十二月、雑誌統合に伴い、ついに廃刊になった。

改造社「俳句研究」戦争特集

国民には伏せられていたが、昭和十七年（一九四二）九月、出版界を大きく揺るがせた横浜事件が起きる。この年、総合雑誌「改造」八、九月号に掲載された細川嘉六の論文について、神奈川県警の特高は共産主義の宣伝と決め付ける。改造社、岩波書店、中央公論社、日本評論社などの関係者約六十人を治安維持法違反容疑で次々と検挙。四人が獄中死、二人が保釈・出獄後に死亡する。結局、改造社と中央公論社は十九年七月、解散を命じられた（本章・付記3「横浜事件」参照）。

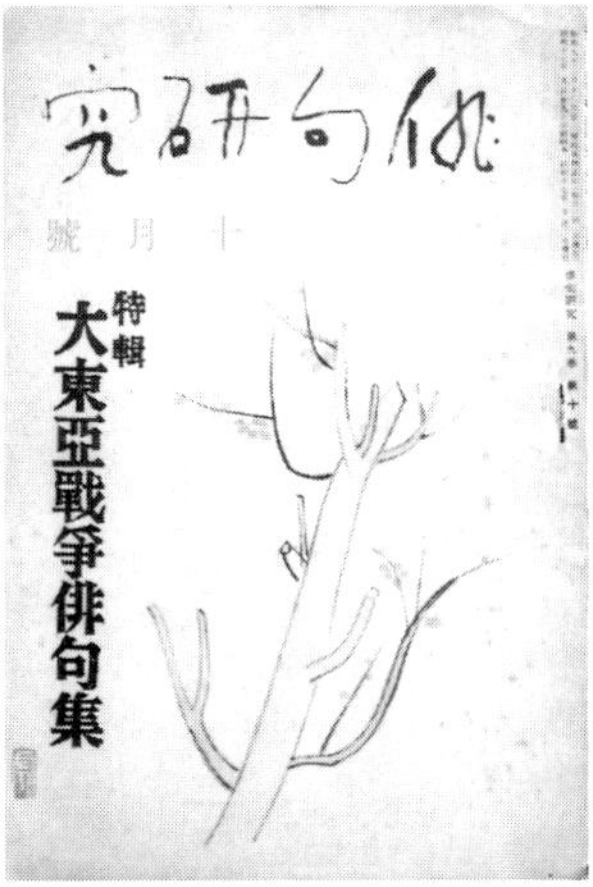

特集「大東亜戦争俳句集」を載せた「俳句研究」

改造社の「俳句研究」は、事件当時の十七年十月号に特集「大東亜戦争俳句集」を組む。本号には、前記のように吉岡禅寺洞の雑詠選辞退を載せている。全百頁のうち四十頁も割き、俳誌から選んだ「大東亜戦争を記念する聖戦俳句」を海洋篇、南方篇（香港、馬来《マレー》、比島、仏印など七方面）、支那篇（南支、中支、北支方面）、北疆《ほっきょう》（北方の国境）篇に分けて掲載。

海洋篇の一句目に、大戦勃発のハワイ・真珠湾攻撃で戦死した古野繁実・海軍少佐の辞世句「靖国で会ふ嬉しさや今朝の春」を飾る。しかし特集には、「大君にさゝげたる身に月涼し」（茅根二郎）といった聖戦俳句は意外と少ない。

戦争の実景、実感を率直に詠んだと思われる句も掲載し、時には嫌戦的、反戦的な内容の作品も混じる。

我が飛機の還らぬ彼方夕焼けぬ　西沢　杏花（海洋）

こゝに攻め敵の血塗りし蚊帳に寝る　大村　杜六（馬来《マレー》）

戦死せる友を直前に

夏艸《くさ》に萬歳《ばんざい》いふも口ごもる　菊辻龍鳳子（此島）

天の川あふぐや遺書も書きをはり　竹島白蓉子（南支）

戦友を焼くそこばくの枯木焔せり　中村　雅夫（中支）

弾しぶく春泥を匍匐《ほふく》前進す　滝口　一樹（同）

土軍《どぐん》哀れ黄河流氷に没し去る　高野　忠男（北支）

凍てつきし飯盒《はんごう》地より捥《も》ぎとりぬ　岩野　疎木（北疆《ほっきょう》）

「夏艸に萬歳いふも口ごもる」は、河野南畦《なんけい》編「大東亜戦争俳句集」（昭一八・八・一〇、海軍省許可済）にも、「萬歳」が「万歳」の字で掲載。

南畦は「序に代へて」の中で、この作品を取り上げる。「戦火のなかから生れる何にかに表現しないでは居れない人間本能の感情でなくてなんであらう。それは戦死直前『天皇陛下万歳』と叫び、『お母さん』と呼ぶ魂の衝撃のほとばしりなのだ。云ひ換へれば、十七字詩を藉《か》りて来て人間魂を露呈したことに外ならない」。やや誇張した表現で賞賛しているが、「口ごもる」と詠んだことで、はっきり「万歳」といえないような、もっと複雑な気持ちが込められているとみていい。

応召の白文地、ソ連に消える

昭和十六年（一九四一）十二月八日開戦の太平洋戦争は、初めは日本軍の快進撃に国民も勝利に酔いしれる。だが、連合軍側の猛攻と豊富な物量作戦の前に、次第に敗退の「転進」を余儀なくされ、戦死の「玉砕」が相次いだ。

日本軍は昭和十七年春、フィリピンのバターン・コレヒドール攻略戦では辛くも勝利を収めたが、太平洋の真ん中のミッドウェー海戦では空母部隊が全滅。十八年になると、早くも敗色が濃くなり始めた。

俳人たちも多数応召し、何人かは戦死、戦病死した。新興俳句関係者では、平畑静塔、井上白文地、渡辺白泉、三橋敏雄らが次々と応召し、辛酸をなめた。

「京大俳句」会員の中で、特に悲惨な生涯を終えたのは井上白文地だった。高齢で応召し、敗戦とともにソ連に抑留され、生死不明のままとなった。

白文地は特高に検挙されたが、幸い起訴猶予で釈放された。事件後、立命館大講師を退職。開戦一年後の昭和十七年（一九四二）十二月、三十八歳で結婚。大阪で新居を営み、二年後には一人娘を授かる。朝鮮で、教育召集による四カ月間の軍務を終え、無線電話講習所教官としてようやく将来への希望がふくらんだころだった。

突然、赤紙が舞い込む。戦争も末期の昭和二十年三月六日。四十一歳という高齢の兵は、召集令状が届いた三日後、姫路中部四十六部隊へ入隊。十五日深夜、早くも朝鮮北部へ送られた。

終戦で、ソ連軍の捕虜となる。延吉収容所で、木材伐採という過酷な作業に就く。翌年四月、同じ抑留生活者で、三高同級生の森本正（後に高松高裁判事）が偶然、白文地に出会う。森本は戦後の昭和二十二年十二月に帰国を許されたが、白文地はその後、故郷の土を踏むこともない。待ち望む妻と娘の元には、消息を知らせる公報は届かなかった。家族は諦め切れず、厚生省へ死亡申告を出したのは、戦後も三十五年過ぎた昭和五十五年だった。

銃剣の光講義の窓を去らず　井上白文地

昭和十五年十二月、教師生活の一端を詠んだ作品。三谷昭は「鬱勃《うつぼつ》とした叛骨《はんこつ》のいかりがなまなましく歌われて、こころを揺する」（「井上白文地遺集」）と、その生涯を悼む。「遺集」は一人娘の舎子《せきこ》の熱望に応え、平畑静塔が発起人代表となり、昭和五十六年に出版された。「遺集」には、山口誓子が悼句を霊前に供えたと書く。

枯山にうべなふべきや君が死を　山口　誓子

そして、付け加える。「『枯山』は、南北朝鮮の境にありとして私の想像した枯山だ。『うべなふべきや』は、君の死を断定し得ず、なほ躊躇《ちゆうちよ》してゐるのだ」と。

静塔、軍医で応召

平畑静塔は昭和十五年二月、「京大俳句」事件後、俳句から一切手を引く。釈放された十六年、京大精神科に復帰。その後、京都の私立川越病院の院長代理として勤務したが、十九年九月、軍医予備員として応召。中国・南京に渡り、終戦の二十年夏まで、傷病兵の治療に追われた。内地に帰還できたのは、戦後の昭和二十一年の春先だった。

検挙されたせいか、静塔は従軍中、階級が上がらなかった。佐藤鬼房は「平畑静塔さんなんか気の毒です。最後まで見習士官で、帰るころになってやっと少尉に任官される。（事件に）引っ掛かるとあんなものなんですよ」（角川選書「証言・昭和の俳句」聞き手・黒田杏子）。少尉は士官の最下位に近い階級である。

復員後、ようやく俳句を再開する。石田波郷編集の「現代俳句」（昭二二・五）に、戦争を回想した「上海集中営」（六十六句）の大作を発表し、注目された。

曼珠沙華俘虜《ふりよ》の尿《いばり》は日にむかふ　　平畑　静塔

徐々に徐々に月下の俘虜として進む

赤黄男、桃史の従軍俳句

昭和十年（一九三五）創刊の日野草城主宰「旗艦」は、「京大俳句」と並び、若い俳人たちの人気を集めた。同人の平均年齢は二十七歳という若さだった。

この「旗艦」から応召し、前線で戦い、優れた戦争俳句を残したのは、富沢赤黄男と片山桃史だった。

赤黄男は、日中戦争開戦まもない昭和十二年九月に応召し、中支（中国中部）を二年間余転戦。伝染病のマラリアにやられ、倒れた。体が回復すると、十六年十月、再び戦線に出された。半年足らずの休養期間を利用し、句集「天の狼」を発刊。

爛々と虎の眼に降る落葉　　富沢赤黄男

蝶墜ちて大音響の結氷期

戛々《かつかつ》とゆき戛々と征《ゆ》くばかり

「天の狼」は新興俳句の金字塔ともいうべき句集で、高い評価を浴びた。

再応召後、中尉に昇進した赤黄男は、日中戦争に続く太平洋戦争を戦い、最後は北千島へ転戦する。十九年三月、ようやく除隊となる。

一方、桃史は、赤黄男とほぼ同時期の昭和十二年八月、二十五歳で日中戦争に応召した。

師の草城は愛弟子の安否を気遣い、十三年、こんな句を詠む。

便来《き》ぬ片山桃史生きてゐたり　日野　草城
特務兵桃史黄河を渉《わた》りけむ
桃史死ぬ勿《なか》れ俳句は出来ずともよし

鮮烈な桃史の従軍日記

日中戦争に応召した桃史は、「俳句研究」（昭一四・一〇）に、従軍俳句と、戦いの模様を赤裸々に書いた「雨の日記抄」を載せた。

×月×日　本隊に別れて渓流を遡《さかのぼ》るのである。担架を地に置いて休んでゐるとまた雨が強くなつた。傷兵の包帯が雨に濡れる。血のいろが薄くにぢんでゐる。（略）乳呑子をかゝへた纏足《てんそく》の女たちが、よちよちと避難してゆく。砲はまだ鳴り響いてゐる。（略）

戦争のうしろ雨ふり秋ふかき

×月×日　目的地で傷兵を渡す。（略）昼過ぎ、部隊の前方で銃声がした。「後備警戒前へ！」逓伝《ていでん》がとぶ。〇〇砲、××砲、機関銃はすぐ位置について応戦を始めた。雨はもうすつかり止んでゐた。我々は山頂の一角に拠つて側方の敵を射つた。小気味よく弾がとぶ。どの顔も硬く緊ってゐる。（略）狭い川原を馬がとぶ。兵隊が走る。ダーンと炸裂した敵弾の中で馬と人が斃《たお》れた。（略）兵が走る。馬が走る。走る。走る。

×月×日　雨。下士哨《しょう》勤務。

ひと餓えて赭《あか》き野に掘る壕ふかし

緊迫した戦いの様子を、臨場感ある文章で綴る。

桃史は、衛生隊輜重《しちょう》兵として約二年半戦い、十五年春、帰還。赤黄男同様、つかの間の休養中に念願の句集「北方兵團」（昭一五・一二）を編む。

南京陥《お》つ輜《し》重《ちょう》黙々と雨に濡れ　片山　桃史

我を撃つ敵と劫《ごう》暑《しょ》を倶《とも》にせる

屍《かばね》らに天の喇《らっ》叭《ぱ》が鳴りやまず

桃史は「従軍以来、戦闘風景よりも戦闘員心理に喰込んでゆきたい」（昭一三・二、指宿沙丘宛て手紙）との思いで句を作り、温かい人間性に富む句が多い。一句目の「南京陥《お》つ」は、南京陥落の感激とは裏腹に、馬などで武器や弾薬、食糧を運搬する兵隊の苦しい任務を詠む。二句、三句目とも、敵との戦いや戦死を冷静に観察し、写実的に表現。どれも戦争俳句として際立っている。

桃史の戦死、草城嘆く

日中戦争から帰還した片山桃史に、一年三カ月後の昭和十六年八月、再び召集令状が届く。十六年十二月の太平洋戦争勃発とともに、中国から南方に転戦するが、やがて消息が消えた。安否を気遣う家族の元に戦死公報が届いたのは、戦後の昭和二十二年四月八日。一片の遺骨もなく、「公報」には「十九年一月二十一日、東部ニューギニアのガリで戦死」とあった。享年三十一歳。

ニューギニア戦線は、無謀極まりない戦いと言われ、日本軍十四万人のうち十一万人が命を失った。

肺結核を病み、療養中の草城の枕元にやがて、愛弟子桃史の悲報が届いた。

片山桃史死せりといふまこと死せりといふ　日野　草城

みな還り桃史一人《いちにん》のみ還らず

桃史最後の作品九句は、「旗艦」を継承する「琥珀」（昭一九・六、発行・水谷砕壺）に掲載。

花萬朶《ばんだ》天皇の兵日焼はや　片山　桃史

身のまはり清し花咲く待命期

「天皇の兵」、桃史は、作品が掲載されたころ、すでにこの世の人ではなかった。

六林男の「戦争俳句」

新興俳句運動の末席に連なる一人は、「花曜」創刊主宰の鈴木六林男。昭和十五年（一九四〇）四月、「赤紙」を受け取る。二十一歳だった。応召したのは、「京大俳句」事件発生の直後である。「京大俳句」に投句していたが、事件で廃刊にされたのも知らず、「なぜ遅れているのか」と思いながら、戦地に赴いた。

歩兵として前線で戦うが、マラリアにかかる。入退院を繰り返しながら大陸を転戦。太平洋戦争勃発とともに、海軍に転属。過酷な戦いとされたフィリピンのバターン・コレヒドール要塞戦（昭一七・四）に参加。敵の戦車に潜り込み、地雷を置いて破壊するという決死隊に加わる。機関砲で右腕を撃たれて負傷し、二年ぶりにようやく帰還する。戦後の昭和二十四年、第一句集「荒天」に、激戦の回想句を載せた。

遺品あり岩波文庫『阿部一族』　鈴木六林男
水あれば飲み敵あれば射ち戦死せり
射たれたりおれに見られておれの骨

六林男の右腕には激戦による弾の破片が残った。地獄の戦線を潜り抜け、戦後は愛と戦争をテーマに鋭く時代を詠み続けた。

欣一ら俳人、続々応召

「京大俳句」事件からまもない昭和十五年四月。石橋辰之助、西東三鬼、杉村聖林子、東京三（秋元不死男）ら六名による新興俳誌「天香」が東京で創刊され、全国の若い俳人らの目を奪った。

金沢の四高生だった沢木欣一《きんいち》もその一人。「沢人」の俳号で辰之助選の雑詠に投句、五月号に二句載った。

狂癲院雪に沈めりひそかなり　沢木　沢人

子を征《ゆ》かしめ遥けく見やる雪の嶺

五月初め、辰之助らが検挙され、「天香」は、六、七月合併号の三号で廃刊。それとも知らず、欣一は「上京して三鬼や京三らになんとか会いたいものだなどとひたすら考えていたから笑止千万である」（沢木欣一著「昭和俳句の青春」）。

昭和十八年から十九年にかけ、太平洋戦争は連合軍の戦局建て直しで、日本軍は次第に追い詰められた。

十八年二月、ソロモン諸島・ガダルカナル島での敗退で、戦死、戦病死は約一万七千人にも上った。四月、連合艦隊司令長官山本五十六の戦死。アッツ島の守備隊二千五百人戦死、と続き、南海の島々は日本軍将兵の死屍で覆われる。

一方、中国戦線は蔣介石《しょうかいせき》の国民党軍、毛沢東指導の中国共産党軍の反撃に阻まれ、泥沼状態だった。

軍事増強を図る政府は、学徒の勤労動員命令、国民徴用令と兵役法の改正、徴兵適齢臨時特例などを決めた。学徒の徴兵猶予は停止され、数万人の学生が学業半ばに応召。出陣学徒壮行会が十八年十月二十一日、神宮外苑競技場で開かれた。

学徒動員の一人、沢木欣一は東京帝大二年在学中だった。臨時徴集で、十八年十一月一日入営。満州の牡丹江で山砲連隊の内務班に配属される。連日、古参兵に殴られ、自立神経失調症、肋膜などで入院。三カ月間の入院中に連隊は南方戦線に移り、九死に一生を得た。退院後、兵長から見習軍曹となり、ソ満国境警備などに当たった。朝鮮・釜山で終戦を迎え、かろうじて帰国した。

このほか、石田波郷《はきょう》、佐藤鬼房《おにふさ》、森澄雄、金子兜太《とうた》ら多くの俳人が戦線に駆り出された。その多くは戦病で倒れ、ある者は一命を落とした。

　石田波郷応召

またあとに鵙《もず》は火をはくばかりなり　加藤楸邨

　沢木欣一応召

鰯雲流るるよりも静かにゆく

昭和二十年（一九四五）。太平洋戦争は末期状態を迎え、東京、大阪から地方都市まで米軍の大空襲が始まる。沖縄本島では日本軍は全滅。広島、長崎と原爆が投下され、焦土の日本はついに敗戦を迎えた。

付記3　横浜事件

新興俳句運動が燃え上がった昭和初期から日中戦争、太平洋戦争時代にかけて、改造社の総合俳誌「俳句研究」（創刊、昭九・三）は、俳句界をリードする形で編集され、注目された。しかし、戦時下最大といわれる言論弾圧事件に巻き込まれ、昭和十九年（一九四四）六月、廃刊に追い込まれた。

この改造社の月刊総合誌「改造」は大正八年（一九一九）に創刊され、中央公論社の「中央公論」（明治中期創刊）を超えるばかりの人気を集め、大正から昭和にかける代表的な雑誌となる。大正デモクラシー運動に貢献する一方、マルクス主義的論文も載せる。

ところが、「改造」に昭和十七年八、九月号に掲載された細川嘉六の論文「世界史の動向と日本」に対し、陸軍省報道部は「共産主義啓蒙の文書」との言いがかりをつけた。批判を受けて、神奈川県警特高と横浜地裁検事局の思想検察は、「共産党再建を図った」と決め付け、「虚構の犯罪」をでっち上げた。計画に加わったとして、改造社、中央公論社、岩波書店、日本評論社などの編集者、世界経済調査会、満鉄調査部などの経済評論家、社員ら約六十人が治安維持法違反で逮捕された。多くの人たちが拷問され、うち四人が獄死した。改造社は中央公論社とともに十九年、解散を命じられ、「俳句研究」も廃刊された。

戦後、特高の首謀者三人が告訴され、懲役一年半〜一年の実刑判決を受ける。一方、ポツダム宣言受諾で戦争終結が決まった日（昭二〇・八・一四）から治安維持法廃案の日（同・一〇・一五）の間に、事件の五人の被告が有罪判決（懲役三年・執行猶予四年〜懲役二年・執行猶予三年）を受けた。このため、五人は「治安維持法はポツダム宣言受諾で効力を失っており、免訴にすべきだった」として再審開始を請求。横浜地裁は認めたが、検察側は即時抗告。平成十七年（二〇〇五）三月十日、東京高裁も再審を認める決定を下し、戦後六十年ぶりに旧裁判の判決内容が審議される。かつての特高警察、思想係検事、裁判官らの「犯罪」が裁判を通じて問われるわけだが、「犯罪者」にされた人たちは、もはやこの世にはいない。

付記4　戦後の「俳壇戦犯」問題

「俳壇戦犯」問題起きる

昭和二十年（一九四五）八月十五日。長い戦争がようやく終結。敗戦とともに、政府はＧＨＱ（連合国総司令部）による「民権自由に関する指令」を受けて、民主化改革を進めた。国防保安法など自由抑圧の法令を相次ぎ廃止し、思想警察も解散した。十月には言論弾圧に猛威を振るった治安維持法も廃止され、政治犯五百人が釈放された。

さらに、東条英機ら政府・軍部首脳を戦争遂行の戦争犯罪人とする戦犯逮捕の指令が相次いで出された。二十一年一月、軍国主義者の公職追放も出された。

GHQ主導の民主化運動に合わせて、戦争に協力した俳人らを「俳壇戦犯」として追放すべきだ、との声が高まった。

その中心になるのは、昭和二十一年五月に結成された新俳句人連盟である。連盟は、俳壇の民主化運動を掲げ、戦時中に弾圧された新興俳人らが中心となって設立した。

幹事長に栗林一石路が就任。委員長に石橋辰之助、幹事に富沢赤黄男、古家《ふるや》榧夫《かやお》、藤田初巳、湊楊一郎、三谷昭、東京三（秋元不死男）、阿部筲人《しょうじん》、芝子丁種の九人。その年十一月、機関誌「俳句人」も創刊された。

「俳句人」

幹事長の一石路は、朝日新聞文化面（昭二一・六・一七）で、「かつて戦争に協力した俳壇の多くは何等の反省も告白もない」と厳しく批判し、連盟の活躍に期待する。

「俳句は自然を対象とする花鳥諷詠詩で、殊にその短小な詩形式は人間の社会的現実生活を詠《うた》ふに適しないと主張してゐた人々」も、戦争が始まると、「『国は起《た》つた、俳句も起つ、起たねばならぬ、ただ、俳句の本領において起つのである。起つて、俳句としての御奉公をするのである』（「俳句研究」昭一七・一、富安風生氏）といふ気概はひとり風生氏のみではなかった」と、風生の例を上げ、俳人の変わり身の早さを指摘する。

批判の的に「俳句報国」

新俳句人連盟の意見を代表する形で、東京三（秋元不死男）は、戦時中の昭和十八年度版（日本文学報国会編、昭一九・二）に続く「俳句年鑑」（桃蹊書房、昭二一・八）で、「俳壇戦犯」問題を取り上げた。

京三は、「新興俳句の動向」と題し、「（新興俳句の）自由主義は共産主義の温床である」という「軍国主義的政府の血迷った反動的文化政策の犠牲」にされたとし、弾圧に協力し、軍国主義に協調した俳人らを改めて批判。連盟による「俳壇の戦犯」として、文学報国会俳句部会の部会長（高浜虚子）、部会代表理事（水原秋櫻子）、幹事長（富安風生）、常任理事（伊東月草、深川正一郎、山口青邨ら七名）を上げた。

このほか、情報局などの俳句担当者。軍国主義の鼓吹に協力した俳句総合雑誌の編集者、俳句結社の主宰者・幹部、俳壇に影響力を持つ作家、反軍国主義的俳句作家の逮捕に貢献し弾圧に協力した者、軍部との関係を利用して自分の結社勢力の繁栄をはかった者を上げている。

別に、古家榧夫が「俳句人」創刊号に書いた「戦争中の俳壇」から、「俳壇戦犯」の名前を転載する。「高浜虚子・富安風生・水原秋櫻子・山口青邨・小野蕪子・加藤楸邨・室積《むろづみ》徂春《そしゅん》・臼田亜浪・大野林火・前田普羅・飯田蛇笏・伊東月草・吉岡禅寺洞・岡本圭岳・長谷川素逝・中村草田男・久保田万太郎」（原文は俳号のみ）。この中に、「人間探求派」の加藤楸邨、中村草田男の名前もあり、やや意外な感じもするが、具体的な理由は書かれていない。

俳句連盟から指弾された一人、長谷川素逝は平畑静塔らと「京大俳句」を創刊し、のちに「ホトトギス」に参加。昭和十四年、戦争俳句を中心に編んだ句集「砲車」は、虚子からも激賞された。しかし、「俳壇戦犯」との批判に対し、「『砲車』一巻をもったことを深く後悔し、ひたすら自己を自然の中に追い込もうと努めていた」（松井利彦「昭和俳壇史」）。素逝は死の直前にまとめた「定本素逝句集」（昭二二・二）からは、「砲車」の作品を削った。

一方、新興俳句運動の論客として知られた弁護士、湊楊一郎は「俳壇戦犯」の裁判をし、制裁を加えるべきだ、と提案した（「俳句人」昭二一・一）。

追放運動分裂

しかし、「俳壇戦犯」追放運動は大きく盛り上がらなかった。

第一に、連盟は発足して一年後の昭和二十二年六月、早くも分裂したためである。日本民主主義文化連盟への加入に賛成する栗林一石路、古家榧夫、橋本夢道ら政治志向のグループと、平畑静塔、東京三（秋元不死男）、西東三鬼、三谷昭、富沢赤黄男、湊楊一郎ら文学志向のグループが激しく対立。結局、三鬼ら多数の俳人が脱退し、新たに現代俳句協会を結成、連盟は分裂した。

第二に、「俳壇戦犯」と目された文学報国会俳句部会の役員らが戦後も引き続き、結社の主宰や幹部同人として指導的立場におり、厳しく批判しにくい面があった。

たとえば、西東三鬼に、俳壇の師系による批判の難しさに触れた一文がある。三鬼にとって、新興俳句の指導者だった四人、つまり、秋櫻子、禅寺洞、草城、誓子がそろって、卓越した虚子の門下生だった。この結果「私達の指導者達が、『ホトトギス』出身であるからには、私達も、つながる縁で、虚子の孫弟子に当る——この考え方にはへこたれた。参った」(「俳句」高浜虚子他界特集「大きな前歯」昭三四・五)。

第三に、「俳壇戦犯」が問題にされた当時、桑原武夫が「世界」(昭二一・一一)に、「俳句は現代文学たり得るか」と、「第二芸術——現代俳句について」、つまり、俳句第二芸術論を載せ、俳壇の論議を集めた。

さらに、戦時中に統合、廃刊にされた俳誌の再刊や創刊が相次ぎ、俳壇全体が活気にわいた。こうして、「俳壇戦犯」追及問題も時代の波にかき消された。

付記5　西東三鬼スパイ裁判

昭和五十四年(一九七九)出版の新興俳句弾圧事件を扱ったノンフィクション小説、小堺昭三著「密

告　昭和俳句弾圧事件」の中で、西東三鬼（昭三七・四・一死去）が、「特高のスパイ」として書かれた。このため、三鬼の弟子の鈴木六林男は、故人の名誉回復と謝罪広告などを求め、三鬼の次男斎藤直樹を原告に立て、作者小堺と、出版元のダイヤモンド社を相手に提訴した。

問題の本の内容を抜粋してみたい。

「三鬼はしかし、自分からスパイになったわけではない。心ならずも特高当局の協力者にしたてあげられた囮《おとり》であった」。さらに、スパイの根拠として、三鬼は、戦争俳句「機関銃眉間ニ赤キ花ガ咲ク」などを作り、「戦争の非人間性を憎悪している。それなのに三鬼は二カ月間留置されただけで起訴猶予になり、静塔（平畑静塔）と栄坊（仁智栄坊）は起訴された」。

また、「（特高の）中西警部が静塔の前でことさら『三鬼はのらりくらりで……』とボヤいてみせたのは、はじめから起訴する意志はなく、共産党リンチ事件の小畑達夫の場合を考慮してのことである」。つまり、三鬼が共産党事件のように仲間からリンチされては、と「案じた特高は、一応かれも逮捕して厳重に取調べたことにみせかけたのである」。

昭和五十八年（一九八三）三月二十三日、大阪地裁堺支部で判決があり、「『特高のスパイ』と断定した文章は憶測による虚偽のもので、三鬼と直樹さんの名誉を傷つけ、直樹さんの父に対する敬愛追慕の念を侵害した」と、原告側の主張をほぼ全面的に認めた。著者と出版社に対し、新聞での謝罪広告掲載と慰謝料三十万円の支払いを命じた。

判決理由で「三鬼の逮捕が遅れたのは、警察側が他の俳人の動向をつかむおとりにしたためだった」と、小堺の小説のほぼ一致する点を指摘した反面、「三鬼は友情に厚く、友人を権力に売り渡すような性格ではなかった」とはっきり否定している。

別に、判決内容で注目されるのは、「事件当時、新興俳句界にはスパイ活動や密告は必要なかった」と判断した点であろう。中田青馬の密告説にしても、事件で動揺した俳人らの疑心暗鬼も少なからずあったと見ていい。

俳人略歴
俳句年表
参考文献

俳人略歴

あ行

秋元不死男　あきもと・ふじお（一九〇一～一九七七・明三四～昭五二）　横浜市生まれ。本名・不二雄。別号・地平線、東京三。「土上」同人。「天香」編集同人。俳句弾圧事件に連座。戦後「天狼」同人。「氷海」主宰。

阿波野青畝　あわの・せいほ（一八九九～一九九二・明三二～平四）　奈良県生まれ。本名・敏雄。昭和初期、「ホトトギス」の四Sの一人。「かつらぎ」創刊主宰。

五十嵐播水　いがらし・ばんすい（一八九九～二〇〇〇・明治三二～平一二）　兵庫県生まれ。本名・久雄。医師。神戸市中央市民病院院長。「京鹿子」創刊同人。「京大俳句」顧問。「ホトトギス」同人。「九年母」主宰。

石田　波郷　いしだ・はきょう（一九一三～一九六九・大二～昭四四）　愛媛県生まれ。本名・哲大。水原秋櫻子に師事。「馬酔木」編集同人をへて離脱。「鶴」創刊主宰。加藤楸邨、中村草田男とともに「人間探求派」。

石橋辰之助　いしばし・たつのすけ（一九〇九～一九四八・明四二～昭二三）　東京生まれ。本名・

同。「馬酔木」をへて「京大俳句」参加。「天香」創刊。俳句弾圧事件に連座。戦後、新俳句人連盟委員長。

伊東　月草　いとう・げっそう（一八九九～一九四六・明三二～昭二一）長野県生まれ。本名・秀治。吉田冬葉主宰「獺祭」同人をへて「草上」創刊主宰。戦時中、俳句報国の日本俳句作家協会結成に奔走。

井上草加江　いのうえ・くさかえ（一九一二～一九七三・明四五～昭四八）大阪市生まれ。本名・音一。別号・鯉屋伊兵衛。「青嶺」「旗艦」「太陽系」同人。

井上白文地　いのうえ・はくぶんじ（一九〇四～一九四六頃・明三七～昭二一頃）福井県生まれ。本名・隆証。大学講師（社会学・哲学）。「京大俳句」創刊会員。俳句弾圧事件に連座。応召後、ソ連に抑留、消息不明。

か行

片山　桃史　かたやま・とうし（一九一二～一九四四・大一～昭一九）兵庫県生まれ。本名・隆雄。銀行員。「旗艦」創刊に参加。昭和十九年一月二十一日、東部ニューギニアで戦死。句集「北方兵団」。

桂　信子　かつら・のぶこ（一九一四～二〇〇四・大三～平一六）大阪府生まれ。本名丹羽信子。日野草城に師事。戦後「青玄」同人。「草苑」創刊主宰。

加藤　楸邨　かとう・しゅうそん（一九〇五～一九九三・明三八～平五）　東京生まれ。本名・健雄。妻千世子も俳人。女子短大教授。水原秋櫻子に師事。「寒雷」創刊主宰。中村草田男らと「人間探求派」。朝日新聞俳壇選者。

金子　兜太　かねこ・とうた（一九一九～・大八～）　埼玉県生まれ。本名・同。加藤楸邨に師事。「寒雷」同人。「風」創刊に参加。「海程」主宰。朝日新聞俳壇選者。

神生　彩史　かみお・さいし（一九一一～一九六六・明四四～昭四一）　三重県生まれ。本名・村林秀郎。大林組勤務。日野草城に師事。「ひよどり」「旗艦」「琥珀」をへて、戦後「太陽系」「青玄」「俳句評論」同人。「白堊」主宰。

河東碧梧桐　かわひがし・へきごとう（一八七三～一九三七・明六～昭一二）　松山市生まれ。本名・秉五郎。虚子と中学同級。新聞社勤務。子規に師事。無季自由の新傾向俳句を始め、明治末期に大流行。「海紅」創刊。

岸　風三楼　きし・ふうさんろう（一九一〇～一九八二・明四三～昭五七）　岡山県生まれ。本名・周藤二三男。逓信省、内閣情報局、電波監理局勤務。「京大俳句」会員。俳句弾圧事件で勾留。「若葉」同人。「春嶺」主宰。

北垣　一柿　きたがき・いっし（一九〇九～一九八二・明治四二～昭五七）　島根県生まれ。本名・馬場駿二。医師。「天の川」同人。戦後「太陽系」。

栗林一石路　くりばやし・いっせきろ（一八九四～一九六一・明二七～昭三六）　長野県生まれ。本名・農夫《たみお》。改造社、同盟通信社に勤務。「俳句生活」創刊。俳句弾圧事件に連座。戦後、新俳句人連盟幹事長。

さ行

斎藤　玄　さいとう・げん（一九一四～一九八〇・大三～昭五五）　函館市生まれ。本名・俊彦。別号・三樹雄。「京大俳句」「鶴」に参加。西東三鬼に師事。「壺」創刊主宰。杉村聖林子はいとこ。

西東　三鬼　さいとう・さんき（一九〇〇～一九六二・明三三～昭三七）　津山市生まれ。本名・斎藤敬直。歯科医。「京大俳句」参加。「天香」創刊。俳句弾圧事件に連座。戦後「天狼」同人。「俳句」編集長。

佐藤　鬼房　さとう・おにふさ（一九一九～二〇〇二・大八～平一二）　岩手県生まれ。本名・喜太郎。土木会社など勤務。「東南風」同人。戦後「風」参加。「天狼」同人。

沢木　欣一　さわき・きんいち（一九一九～二〇〇一・大八～平一三）　富山市生まれ。本名・同。金沢大助教授、東京芸大教授。妻は、俳人細見綾子。加藤楸邨に師事。戦後「風」創刊、主宰。「天狼」同人。俳人協会会長。

篠原　鳳作　しのはら・ほうさく（一九〇五～一九三六・明三八～昭一一）　鹿児島市生まれ。本名・

国堅。別号・雲彦。中学教諭。吉岡禅寺主宰「天の川」参加。無季新興俳句を代表する一人。

芝　不器男　しば・ふきお（一九〇三〜一九三〇・明三六〜昭五）愛媛県生まれ。本名・太宰不器男。「天の川」「ホトトギス」に投句。百七十五句を残し、二十七歳で急逝。

嶋田　青峰　しまだ・せいほう（一八八二〜一九四四・明一五〜昭一九）三重県生まれ。本名・賢平。国民新聞学芸部長、日本語講師。「ホトトギス」編集。「土上」創刊主宰。俳句弾圧事件の犠牲者。肺結核で釈放後、死去。

嶋田　洋一　しまだ・よういち（一九一三〜一九七九・大二〜昭五四）三重県生まれ。本名・同。俳句弾圧事件連座の嶋田青峰の長男。「家の光」勤務。父青峰の主宰誌「土上」同人。戦後、新俳句人連盟参加。

清水　昇子　しみず・しょうし（一九〇〇〜一九八四・明三三〜昭五九）長野市生まれ。本名・巌。日野草城、山口誓子らに師事。「走馬燈」「旗艦」「天の川」「京大俳句」「天香」などをへて、戦後「天狼」「三角点」「面」同人。

杉田　久女　すぎた・ひさじょ（一八九〇〜一九四六・明二三〜昭二一）鹿児島市生まれ。本名・久子。「ホトトギス」同人。俳誌「花衣」創刊。昭和十一年、日野草城、吉岡禅寺洞とともに、「ホトトギス」同人除籍。

杉村聖林子　すぎむら・せいりんし（一九一二〜一九九〇・明四五〜平二）下関市生まれ。本名・

猛。読売新聞社勤務。石橋辰之助と「馬酔木」離脱後、「京大俳句」参加。俳句弾圧事件に連座。戦後「芭蕉」同人。

杉本　雷造　すぎもと・らいぞう（一九二六～二〇〇三・大一五～平一五）大阪市生まれ。本名・総治。西東三鬼、鈴木六林男に師事。「頂点」創刊代表。戦死したいとこの遺品から「京大俳句」終刊号発見。

鈴鹿野風呂　すずか・のぶろ（一八八七～一九七一・明二〇～昭四六）京都市生まれ。本名・登。武道専門学校教授などを歴任。「京鹿子」創刊、のち主宰。「京大俳句」顧問。「ホトトギス」同人。「京鹿子文庫」（野風呂記念館）設立。

鈴木六林男　すずき・むりお（一九一九～二〇〇四・大八～平一六）大阪府生まれ。本名・次郎。西東三鬼に師事。「京大俳句」に投句。戦後「風」「頂点」参加。「花曜」主宰。俳句弾圧事件の三鬼スパイ説裁判で勝訴。

た　行

高野　素十　たかの・すじゅう（一八九三～一九七六・明二六～昭五一）茨城県生まれ。本名・與《よし》巳《み》。法医学者。「ホトトギス」同人。昭和初期の四Sの一人。水原秋櫻子は素十俳句を介し、虚子と対立し「ホトトギス」離脱。

高浜　虚子　たかはま・きょし（一八七四～一九五九・明七～昭三四）松山市生まれ。本名・清。正岡子規没後、「ホトトギス」主宰。門弟から有力俳人輩出。戦時中の日本文学報国会俳句部会会長。文化勲章受賞。

高屋　窓秋　たかや・そうしゅう（一九一〇～一九九九・明四三～平一一）愛知県生まれ。本名・正国。放送会社勤務。「馬酔木」をへて「京大俳句」。戦後「天狼」同人。

藤後　左右　とうご・さゆう（一九〇八～一九九一・明四一～平三）鹿児島県生まれ。本名・惣兵衛。開業医。「京大俳句」創刊会員。俳句弾圧事件で検挙を免れるが、事件後、終戦まで句作中止。

富沢赤黄男　とみざわ・かきお（一九〇二～一九六二・明三五～昭三七）愛媛県生まれ。本名・正三。旧号・蕉左右。銀行員、会社員。日野草城主宰「旗艦」創刊同人。戦場を詠み、新興俳句の旗手。戦後「太陽系」など創刊。

な　行

中田みづほ　なかた・みずほ（一八九三～一九七五・明二六～昭五〇）島根県生まれ。本名・瑞穂。外科学。新潟医大教授。水原秋櫻子の「ホトトギス」離脱にからみ、高野素十俳句を擁護。「ホトトギス」同人。「まはぎ」主宰。

中台　春嶺　なかだい・しゅんれい（一九〇八～・明四一～）千葉県生まれ。本名・満男。三菱重工勤務後。工場経営。「句と評論」「広場」などに参加。俳句弾圧事件に連座。「羊歯」主宰。

中塚一碧楼　なかつか・いっぺきろう（一八八七～一九四六・明二〇～昭二一）岡山県生まれ。本名・直三。製塩業。口語調の自由律俳句提唱。河東碧梧桐らと創刊の「海紅」主宰。

中村草田男　なかむら・くさたお（一九〇一～一九八一・明三四～昭五六）中国福建省生まれ。成蹊大学教授。「ホトトギス」に投句。加藤楸邨らとともに「人間探求派」。戦後「万緑」創刊主宰。

中村　三山　なかむら・さんざん（一九〇二～一九六七・明三五～昭四二）奈良県生まれ。本名・修二郎。印刷会社勤務。水原秋櫻子に師事。「京大俳句」創刊に参加。「牟婁」主宰。俳句弾圧事件に連座し、終戦まで句作中止。

仁智　栄坊　にち・えいぼう（一九一〇～一九九三・明四三～平五）高知県生まれ。本名・北尾一《かつ》水《み》。大阪逓信局勤務。「京大俳句」会員。俳句弾圧事件に連座。ソ連に四年間抑留。戦後「芭蕉」「三角点」参加。

は　行

波止　影夫　はし・かげお（一九一〇～一九八五・明四三～昭六〇）愛媛県生まれ。本名・福永和夫。勤務医をへて開業。「京大俳句」創立会員。俳句弾圧事件に連座。戦後「天狼」同人。

橋本　夢道　はしもと・むどう（一九〇三～一九七四・明三六～昭四九）徳島県生まれ。本名・淳一。銀座に蜜豆店「月ヶ瀬」創業。プロレタリア俳誌「旗」「俳句生活」に参加。俳句弾圧事件に連座。戦後、新俳句人連盟結成。

長谷川素逝　はせがわ・そせい（一九〇七～一九四六・明四〇～昭二一）大阪市生まれ。本名・直次郎。旧制中、高教員。「京大俳句」創刊に参加。のち「ホトトギス」。日中戦争従軍中に詠んだ句集「砲車」が有名。

原子　公平　はらこ・こうへい（一九一九～二〇〇四・大八～平一六）小樽市生まれ。本名・同。加藤楸邨に師事。「寒雷」同人。岩波書店をへて小学館。戦後「風」創刊同人。社会派の論客。「万緑」同人。「風濤」主宰。

日野　草城　ひの・そうじょう（一九〇一～一九五五・明三四～昭三〇）東京生まれ。本名・克修《よしのぶ》。鈴鹿野風呂と「京鹿子」創刊。「京大俳句」顧問。「旗艦」主宰。無季俳句を容認し「ホトトギス」同人除名。戦後「青玄」主宰。

平畑　静塔　ひらはた・せいとう（一九〇五～一九九七・明三八～平九）和歌山市生まれ。本名・富次郎。筆名・諏訪望。精神科医。宇都宮病院顧問。「京大俳句」創刊。新興俳句の論客。俳句弾圧事件に連座。戦後「天狼」同人。

藤田　初巳　ふじた・はつみ（一九〇五～一九八四・明三八～昭五九）東京生まれ。本名・勤吉。三省堂など勤務。「句と評論」（のち「広場」）創刊主宰。俳句弾圧事件に連座。

古川　克巳　ふるかわ・かつみ（一九一三〜二〇〇〇・大二〜平一二）東京生まれ。本名・大橋克巳。銀行、デパート、出版社勤務。「京大俳句」投句。「旗艦」「芝火」同人。戦後「太陽系」同人。「俳句ポエム」創刊。俳論書多数。

古家　榧夫　ふるや・かやお（一九〇四〜一九八三・明三七〜昭五八）神奈川県生まれ。本名・鴻《ひろ》三《かず》。別号・榧子《ひし》。出版社、映画会社、予備校講師。「土上」同人。俳句弾圧事件に連座。戦後、新俳句人連盟参加。

細谷　源二　ほそや・げんじ（一九〇六〜一九七〇・明三九〜昭四五）東京生まれ。本名・源太郎。別号・碧葉。旋盤工。「句と評論」「広場」に参加。俳句弾圧事件に連座。戦後「氷原帯」主宰。

堀内　薫　ほりうち・かおる（一九〇三〜一九九六・明三六〜平八）奈良県生まれ。本名・薫。別号・小花。甲子園大学教授。「京大俳句」に参加。俳句弾圧事件に連座。戦後「天狼」同人。「七曜」主宰。

ま　行

前田　普羅　まえだ・ふら（一八八六〜一九五四・明一九〜昭二九）東京生まれ。本名・忠吉。報知新聞富山支局長。大正期の「ホトトギス」四天王の一人。初期「京大俳句」に寄稿。山岳俳句で有名。

松尾いはほ　まつお・いわお（一八八二〜一九六三・明一五〜昭三八）京都市生まれ。本名・巌。京大教授。京大付属病院長。「京鹿子」「ホトトギス」同人。初期の「京大俳句」賛助員。

水谷　砕壺　みずたに・さいこ（一九〇三〜一九六七・明三六〜昭四二）徳島県生まれ。本名・勢二。旧号柊花。日野草城に師事。「旗艦」「琥珀」をへて、戦後は「太陽系」同人。

水原秋櫻子　みずはら・しゅうおうし（一八九二〜一九八一・明二五〜昭五六）東京生まれ。本名・豊。医師。虚子と対立し「ホトトギス」離脱。「馬酔木」主宰。初期の「京大俳句」雑詠選者。戦後、俳人協会会長。芸術院会員。

三谷　昭　みたに・あきら（一九一一〜一九七八・明四四〜昭五三）東京生まれ。本名・同。出版社勤務。「走馬燈」「扉」をへて「京大俳句」会員。「天香」創刊。俳句弾圧事件に連座。戦後、新俳句人連盟結成。「天狼」同人。

三橋　鷹女　みつはし・たかじょ（一八九九〜一九七二・明三二〜昭四七）成田市生まれ。本名・たか子。別号・東鷹女、東文恵。原石鼎に師事。昭和十三年まで「鶏頭陣」所属。戦後「かまつか」主宰。「俳句評論」「羊歯」同人。

三橋　敏雄　みつはし・としお（一九二〇〜二〇〇一・大九〜平一三）八王子市生まれ。本名・同。運輸省勤務。西東三鬼に師事。「広場」「京大俳句」の新興俳句運動参加。戦後「天狼」「面」「俳句評論」同人。

湊　楊一郎　みなと・よういちろう（一九〇〇～二〇〇二・明三三～平一四）　小樽市生まれ。本名・久久湊与一郎。弁護士。「句と評論」同人。新興俳句の論客。俳句事件の被疑者を弁護。戦後、新俳句人連盟結成、のち離脱。「羊歯」創刊主宰。

村山　古郷　むらやま・こきょう（一九〇九～一九八六・明四二～昭六一）　京都市生まれ。本名・正三。郵船会社勤務。伊東月草主宰「草上」をへて、「草炎」同人。戦後「鶴」同人。「嵯峨野」主宰。俳句関係書多数。

や　行

山口　誓子　やまぐち・せいし（一九〇一～一九九四・明三四～平六）　京都市生まれ。本名・新比古。妻は波津女。妹は下田実花。「ホトトギス」の四Sの一人。「京大俳句」顧問をへて「馬酔木」参加。戦後「天狼」主宰。

山口　聖二　やまぐち・せいじ（一九〇〇～一九八五・明三三～昭六〇）　鹿児島県生まれ。短大教授。本名・成二。別号・草虫子。吉岡禅寺洞に師事。「崖」創刊主宰。戦後、口語俳句論。

山崎　青鐘　やまざき・せいしょう（一九〇八～一九七四・明四一～昭四九）　宇部市生まれ。歯科医。「郁子《むべ》」をへて「山脈」創刊主宰。「天の川」同人。俳句弾圧事件に連座。戦後「俳句評論」同人。「らんどる」主宰。

山口　青邨　やまぐち・せいそん（一八九二～一九八八・明二五～昭六三）　岩手県生まれ。本名・吉郎。東京帝大教授。「ホトトギス」同人。誓子、青畝、秋櫻子、素十の四Sの命名者。「夏草」創刊主宰。

山本　健吉　やまもと・けんきち（一九〇七～一九八八・明四〇～昭六三）　長崎市生まれ。本名・石橋貞吉。妻は俳人石橋秀野。改造社「俳句研究」編集長。中村光夫らと同人誌「批評」創刊。文芸評論多数。

横山　白虹　よこやま・はっこう（一八九九～一九八三・明三二～昭五八）　東京生まれ。本名・健夫。妻房子。小倉市議、同市教育長。外科病院院長。「天の川」をへて「自鳴鐘《とけい》」（戦後・じめいしょう）創刊主宰。「天狼」同人。

横山　林二　よこやま・りんじ（一九〇八～一九七三・明四一～昭四八）　東京生まれ。本名・吉太郎。荻原井泉水に師事。栗林一石路らと「俳句生活」発刊。俳句弾圧事件に連座。戦後、新俳句人連盟参加。

吉岡禅寺洞　よしおか・ぜんじどう（一八八九～一九六一・明二二～昭三六）　福岡県生まれ。本名・善次郎。「天の川」創刊主宰。初期の「京大俳句」雑詠選者。新興俳句運動に参加、「ホトトギス」同人除名。戦後、口語俳句協会会長。

わ行

渡辺　白泉　わたなべ・はくせん（一九一三〜一九六九・大二〜昭四四）東京生まれ。本名・偉徳《たけのり》。三省堂勤務。戦後、高校教諭。「句と評論」「広場」をへて「京大俳句」会員。「天香」参加。俳句弾圧事件に連座。終戦まで句作中止。

和田辺水楼　わだ・へんすいろう（一九〇六〜一九八〇・明三九〜昭五五）大分県生まれ。本名・平四郎。京大英文科卒。大阪毎日新聞記者。「京大俳句」会員。俳句弾圧事件に連座。

俳句年表

大正七（一九一八）七月　吉岡禅寺洞「天の川」創刊

九（一九二〇）一一月　京大三高俳句会「京鹿子」創刊（鈴鹿野風呂、日野草城、田中王城、岩田紫雲郎ら創立同人六人。二号から五十嵐播水参加）

一〇（一九二一）八月　山口誓子「京鹿子」同人参加

一一（一九二二）一月　篠原温亭「土上」創刊

一二（一九二三）九月　関東大震災

一四（一九二五）四月　治安維持法公布

五月　普通選挙法公布

一二月　京都学連事件。治安維持法の初適用

一五（一九二六）七月　鈴鹿野風呂「野風呂句集」

昭和元（一九二六）六月　村上鬼城「鬼城句集」

九月　嶋田青峰「土上」主宰を継承

二（一九二七）六月　日野草城句集「花氷」

三（一九二八）　二月　初の総選挙（京都府から労働農民党水谷長三郎、山本宣治当選）
三月　共産党関係者多数検挙（三・一五事件）
六月　治安維持法、勅令で改正（死刑・無期懲役追加）
七月　全国警察に特別高等課（特高）設置
「馬酔木」（「破魔弓」改題）創刊
九月　「ホトトギス」四S時代
四（一九二九）　一月　阿波野青畝「かつらぎ」創刊
小野蕪子「鶏頭陣」創刊
二月　水原秋櫻子「馬酔木」の主宰兼選者
三月　右翼、山本宣治代議士刺殺
四月　共産党幹部ら多数検挙（四・一六事件）
栗林一石路句集「シャツと雑草」
五（一九三〇）　四月　水原秋櫻子句集「葛飾」
六（一九三一）　一月　横山林二編集「プロレタリア俳句」発行と同時に発禁処分
二月　五十嵐播水「播水句集」
七月　「句と評論」創刊（選者・松原地蔵尊、編集・藤田初巳）

九月　満州事変勃発
一〇月　水原秋櫻子「ホトトギス」離脱
七（一九三二）　三月　「満州国」建国宣言
五月　犬養首相暗殺（五・一五事件）
山口誓子句集「凍港」
一一月　「京鹿子」鈴鹿野風呂単独主宰誌に変更。井上白文地、中村三山、平畑静塔ら退会
一二月　吉岡禅寺洞句集「銀漢」
八（一九三三）　一月　「京大俳句」創刊（顧問は鈴鹿野風呂、日野草城、水原秋櫻子、山口誓子、五十嵐播水。会員は井上白文地、中村三山、平畑静塔、長谷川素逝、藤後左右ら一七人）
二月　作家小林多喜二、東京・築地署で拷問死
三月　日本、国際連盟脱退
五月　京大滝川事件
九月　篠原雲彦（鳳作）「傘火」創刊
九（一九三四）　一月　横山林二「俳句生活」創刊。橋本夢道、栗林一石路ら参加

一〇（一九三五）
二月　芝不器男「不器男句集」
三月　改造社「俳句研究」創刊
一〇月　川端茅舎「茅舎句集」
一月　日野草城「旗艦」創刊
二月　山口誓子句集「黄旗」
四月　和田辺水楼、西東三鬼、三谷昭、清水昇子「京大俳句」参加
五月　山口誓子「ホトトギス」を離れ「馬酔木」参加、同時に「京大俳句」顧問辞退
　　　高屋窓秋「馬酔木」離脱
七月　石橋辰之助句集「山行」
九月　貴族院議員美濃部達吉、天皇機関説問題で辞任
一二月　大本教の出口王仁三郎検挙

一一（一九三六）
一月　富安風生、逓信省次官就任
二月　**二・二六事件（陸軍青年将校らが政府要人殺害）**
七月　高屋窓秋句集「白い夏野」
九月　篠原鳳作死去、「傘火」終刊

一〇月　高浜虚子「ホトトギス」の同人除名（日野草城、吉岡禅寺洞、杉田久女）

一二（一九三七）

一一月　中村草田男句集「長子」

一月　横山白虹「自鳴鐘」創刊

二月　岡本圭岳「火星」創刊

五月　石橋辰之助「馬酔木」離脱

六月　帝国芸術院会員に高浜虚子

長谷川素逝応召

京都の「学生評論」編集者検挙

七月　**日中戦争始まる**

八月　片山桃史応召

京都の同人誌「リアル」編集者検挙

九月　富沢赤黄男応召

一〇月　加才信夫、高橋紫衣風「蠍座」創刊

一一月　日独伊防共協定調印

京都の「世界文化」「土曜日」関係者検挙

石田波郷「鶴」創刊

一二月 日本軍、南京占領（南京事件）

川柳人鶴彬検挙。のち死亡

人民戦線第一次事件（山川均ら約四〇〇人検挙）

一三（一九三八） 一月 石橋辰之助、杉村聖林子「荒男」創刊

二月 人民戦線第二次事件（大内兵衛ら約三〇〇人検挙）

三月 石川達三「生きてゐる兵隊」発禁処分

四月 国家総動員法公布

高屋窓秋「京大俳句」参加

五月 湊楊一郎、藤田初巳「広場」（「句と評論」改題）創刊

七月 **波止影夫応召**

八月 火野葦平「麦と兵隊」ベストセラー

川口松太郎ら従軍ペン部隊、中国へ

山口誓子句集「炎昼」

一一月 長谷川伸ら従軍ペン部隊、中国へ

一四（一九三九） 二月 **渡辺白泉、三橋敏雄「京大俳句」参加**

三月　加藤楸邨句集「寒雷」
四月　長谷川素逝句集「砲車」
五月　ノモンハン事件（日・ソ両軍衝突、日本軍敗れる）
七月　国民徴用令公布
八月　石田波郷句集「鶴の眼」
九月　第二次世界大戦始まる（ドイツ軍、ポーランド侵攻）
一〇月　高浜虚子編「支那事変句集」
一五（一九四〇）　二月　「京大俳句」事件（平畑静塔、波止影夫、仁智栄坊ら八人検挙）
「京大俳句」廃刊
三月　東京三（秋元不死男）句集「街」
西東三鬼句集「旗」
水原秋櫻子「聖戦と俳句」
四月　「天香」創刊
鈴木六林男応召
五月　「京大俳句」「天香」第二次事件（石橋辰之助、堀内薫ら六人検挙）
六月　「天香」廃刊

八月　西東三鬼検挙
九月　日本軍、北部仏印（仏領インドシナ）へ武力進駐
日独伊三国同盟締結
一〇月　大政翼賛会結成
加藤楸邨「寒雷」創刊
片山桃史句集「北方兵団」
東（三橋）鷹女句集「向日葵」
細谷源二句集「塵中」
一一月　紀元二六〇〇年記念祝典（五日間、提灯・旗行列）
一二月　日本俳句作家協会結成（会長・高浜虚子、常任理事・小野蕪子、富安風生、中塚一碧楼）

一六（一九四一）
一月　橋本多佳子句集「海燕」
東条英機陸相、戦陣訓通達（生きて虜囚の辱を受けず）
二月　「土上」「広場」「俳句生活」「日本俳句」の首都四俳誌の細谷源二、嶋田青峰、東京三、栗林一石路ら一三人検挙
「京大俳句」の平畑静塔ら三人、有罪判決

三月　国家保安法公布（国家秘密保護法）
五月　治安維持法強化（予防拘禁制度新設）
七月　川端茅舎死去
八月　富沢赤黄男句集「天の狼」
一〇月　ゾルゲ事件（ゾルゲ、尾崎秀実、国際スパイ容疑で検挙）
一一月　**山口県宇部市の俳誌「山脈」の山崎青鐘ら一〇人検挙**
一二月　**太平洋戦争始まる**

一七（一九四二）
三月　細見綾子句集「桃は八重」
四月　加藤楸邨、石田波郷「馬酔木」離脱
五月　日本文学報国会俳句部会発足（会長・高浜虚子、代表理事・水原秋櫻子、幹事長・富安風生）
六月　日本文学報国会発会式（会長徳富蘇峰）
日本空母四隻撃沈される（ミッドウェー海戦）
九月　横浜事件（「改造」「中央公論」などの出版関係者約六〇人検挙。四人獄死）

一八（一九四三）
二月　日本軍、ガダルカナル島撤退

「広場」「土上」など四誌の細谷源二、東京三ら七人、有罪判決
小野蕪子死去
三月 大日本言論報国会発足
四月 連合艦隊司令長官・山本五十六戦死
五月 アッツ島の日本軍守備隊、全員戦死
六月 鹿児島の同人誌「きりしま」の面高秀ら三人検挙
三重県宇治山田市の俳句結社「宇治山田鶏頭陣会」の野呂新吾検挙
七月 水原秋櫻子編「聖戦俳句集」
九月 石田波郷、金子兜太応召
一〇月 出陣学徒壮行会
一一月 沢木欣一応召
一二月 秋田県の俳句結社「蠍座」の加才信夫ら二人検挙
吉岡禅寺洞主宰「天の川」終刊

一九（一九四四）

一月 片山桃史戦死
中村汀女「汀女句集」
二月 日本文学報国会俳句部会編「俳句年鑑」

三月　沢木欣一句集「雪白」
四月　**平畑静塔応召**
五月　嶋田青峰死去
　　　「京鹿子」（鈴鹿野風呂主宰）、「鹿笛」（高浜年尾主宰）合併し「比枝」
七月　サイパン島の日本軍全滅
八月　テニアン、グアム両島の日本軍全滅
　　　改造社弾圧で「俳句研究」廃刊
一〇月　レイテ沖海戦で連合艦隊壊滅状態
　　　神風特別攻撃隊、初出撃
一一月　ゾルゲ事件のゾルゲ、尾崎秀実処刑

二〇（一九五五）

二月　「馬酔木」「寒雷」休刊
三月　東京、大空襲
　　　井上白文地入隊（ソ連抑留で昭和二一年五月ごろ死亡）
五月　「ホトトギス」休刊
　　　ドイツ、無条件降伏
六月　沖縄本島の日本軍全滅、住民の死者多数

八月　米軍、広島・長崎に原爆投下
　　　終戦
九月　日本文学報国会俳句部会解散
一〇月　治安維持法廃案。特高廃止

参考文献

●俳　句

単行本・句集

「京大俳句」復刻版全12巻　臨川書店・一九九一

長谷川素逝句集「砲車」　三省堂・一九三九

秋山秋紅蓼句集「兵隊と櫻」　沙羅書店・一九四〇

本田功「聖戦句誌　陣火」　文藝春秋社・一九四四

富安風生「草木愛」　龍星閣・一九四一

高浜虚子選「支那事変句集」　三省堂・一九三九

日本文学報国会編「俳句年鑑」　桃蹊書房・一九四四

大野林火編集代表「俳句年鑑」　桃蹊書房・一九四七

俳句講座8「現代作家論」　明治書院・一九五八

「現代俳句全集」全8巻　みすず書房・一九五八

「現代俳句大系」全12巻・増補2巻　角川書店・一九七二

自選自解句集シリーズ「平畑静塔句集」　白鳳社・一九八五
平畑静塔・山本健吉「俳句とは何か」　至文堂・一九五三
平畑静塔「平畑静塔対談俳句史」　永田書房・一九九〇
石橋辰之助「定本・石橋辰之助句集」　俳句研究社・一九六九
皆吉爽雨「花鳥開眼」　草薙書房・一九四二
水原秋櫻子「現代俳句論」　第一書房・一九四一
「俳句文学全集　水原秋櫻子篇」　第一書房・一九三八
「自選自解　水原秋櫻子句集」　白鳳社・一九六八
水原秋桜子「定本高濱虚子」　永田書房・一九九〇
大野林火「高濱虚子」　七洋社・一九四九
「俳句文学全集　山口誓子篇」　第一書房・一九三七
山口誓子「俳句諸論」　河出書房・一九三八
「自選自解　山口誓子句集」　白鳳社・一九六九
「自選自解　秋元不死男句集」　白鳳社・一九七二
秋元不死男「俳句への招き」　永田書房・一九七五
「西東三鬼全句集」　都市出版社・一九七一

沢木欣一・鈴木六林男「西東三鬼」　桜楓社・一九七九
小堺昭三「密告　昭和俳句弾圧事件」　ダイヤモンド社・一九七九
「戦争文学全集」別巻　毎日新聞社・一九七二
松井利彦「近代俳句研究年表　昭和編」　桜楓社・一九六八
松井利彦「昭和俳壇史」　明治書院・一九七九
川名大「昭和俳句の展開」　桜楓社・一九七九
稲畑汀子監修「ホトトギス巻頭句集」　小学館・一九九五
栗林農夫「俳句と生活」　岩波新書・一九五一
谷山花猿「戦争と俳句」　現代俳句協会・一九八四
昭和文学全集「昭和短歌　昭和俳句集」　角川書店・一九五四
山本健吉「現代俳句」　角川文庫・一九六五
「現代俳句の世界」全16巻　朝日文庫・一九八四
村山古郷「石田波郷伝」　角川書店・一九七三
村山古郷「昭和俳壇史」　角川書店・一九八五
古家榧夫「古家榧夫全句集」　古川書房・一九八五
俳句文庫「鈴木六林男」　春陽堂俳句文庫・一九九三

赤城さかえ「戦後俳句論争史」　俳句研究社・一九六八
「わが愛する俳人」全3集　有斐閣・一九七八
波止影夫「波止影夫全句集」　文琳社・一九八四
高崎隆治「戦時下俳句の証言」　新日本新書・一九九二
田牧久穂「秋田県の庶民弾圧の実相と抵抗」　私家版・一九九八
井上白文地「井上白文地遺集」　永田書房・一九八一
中村三山「中村三山遺句集」　三角点発行所・一九八三
野平匡邦「野平椎花遺句集」　私家版・二〇〇〇
宇多喜代子編「片山桃史集」　南方社・一九八四
宇多喜代子「ひとたばの手紙から」　邑書林・一九九五
古川克巳「体験的新興俳句史」　オリエンタ社・二〇〇〇
「証言・昭和の俳句」上・下　角川選書・二〇〇二
北溟社編「俳人が見た太平洋戦争」　北溟社・二〇〇三
「新研究資料現代日本文学6　俳句」　明治書院・二〇〇〇

雑誌・俳誌

篠弘「体制側からみた『俳句事件』」上下　「俳句」一九六三・八、九
川名大「『京大俳句事件』検挙者に関する補説」　「俳句研究」一九七六・一〇
川名大「俳句弾圧事件の外貌」上下　「俳句」一九七八・二、三
阿部筲人「前月作品評」　「俳句研究」一九四〇・五
嶋田青峰「俳壇無駄話」　「俳句研究」一九四〇・五
嶋田青峰「俳人団体の結成を促す」　「俳句研究」一九四〇・一〇
特集「大東亜戦争俳句集」　「俳句研究」一九四二・一〇
片山桃史「雨の日記抄」　「俳句研究」一九三九・一〇
小野蕪子「海浜ホテルにて」　「俳句研究」一九四一・三
内藤吐天「日本俳句作家協会に就て」　「俳句研究」一九四一・三
特集「大東亜戦争一周年を迎へて」　「俳句研究」一九四二・一二
湊楊一郎「俳壇戦犯裁判のこと」　「俳句人」一九四七・一
小堺昭三「弾圧と密告者『昭和俳句事件』の真相」　「文藝春秋」一九七八・一二
座談会「風にそよぐ葦」　「俳句研究」一九五二・一二
座談会「俳句事件」　「俳句研究」一九五四・一

永田耕衣「人間　小野蕪子」「俳句研究」一九六一・一二
細谷源二「わが獄中記」「俳句研究」一九六六・一一
三谷昭「新興俳句に対する弾圧」「俳句研究」一九六六・一一
橋本夢道「プロ俳句に対する弾圧」「俳句研究」一九六六・一一
井上白文地特集　俳誌「三角点」一九六六・三
三谷昭「天香発行所」「俳句研究」一九六九・一〇
三谷昭「天香時代の西東三鬼」「俳句研究」一九七一・四
霜井草二「新興俳句と弾圧」「俳句研究」一九七二・三
杉本雷造「まぼろしの〈京大俳句〉終刊号の周辺」俳誌「頂点」一九七六・二
仁智栄坊「『京大俳句』事件」「俳句研究」一九七九・一
「秋元不死男追悼特集」「俳句」一九七七・一〇
「水原秋櫻子追悼特集」「俳句」一九八一・一〇
特集「追悼水原秋櫻子」「俳句とエッセイ」一九八一・一〇
特集「西東三鬼の名誉回復」「俳句研究」一九八三・八
特集「昭和俳句検証」「俳句研究」一九八九・五
特集「日野草城と昭和俳句」「俳句研究」一九八九・七

室生幸太郎「日野草城」　「俳句朝日」二〇〇四・一〇

特集「高浜虚子とその世界」　「俳句」一九九五・四

湊楊一郎「新俳句人連盟の結成と分裂」　俳誌「花曜」一九九一・七

湊楊一郎「『京大俳句』事件余録」　俳誌「花曜」一九九一・七

嶋田洋一「父、青峰の死とその意味」　「俳句」一九六一・二

特集「戦後50年　昭和俳人の〈八月十五日〉」　「俳壇」一九九五・八

「西東三鬼読本」　「俳句」臨時増刊・一九八〇・四

「西東三鬼の世界」　「俳句四季」別冊・一九九七・一

特集「新世紀に残したい30の句集」　「俳壇」二〇〇〇・五

高木智「京鹿子九〇〇号の軌跡」　俳誌「京鹿子」一九九九・八

映　像

ＥＴＶ８「時代の闇に人語遠く——新興俳句のたどった道」　ＮＨＫ教育・一九八八・八・二四

●政治・事件・文学

単行本

内務省警保局編「社会運動の状況」復刻版　三一書房・一九七一・一九七二
奥平康弘編「現代史資料45・治安維持法」　みすず書房・一九七三
百瀬孝「事典昭和戦前期の日本」　吉川弘文館・一九九〇
神田文人編「昭和・平成現代史年表」　小学館・一九九七
太平洋戦争研究会編・森山康平著「日中戦争」　河出書房新社・二〇〇〇
池田清編・太平洋戦争研究会著「太平洋戦争」　河出書房新社・一九九五
日本ジャーナリスト会議・出版支部編「出版ジャーナリズム小史」　高文研・一九八五
中島健蔵「昭和時代」　岩波新書・一九五七
三國一朗「戦中用語集」　岩波新書・一九八五
藤井忠俊「国防婦人会」　岩波新書・一九八五
秦郁彦「南京事件」　中公新書・一九八六
笠原十九司「南京事件」　岩波新書・一九九七
正木ひろし「近きより」1　現代教養文庫・一九九一
遠山茂樹・今井清一・藤原彰「昭和史」新版　岩波新書・一九九八
荻野富士夫「思想検事」　岩波新書・二〇〇〇
瀬島龍三「大東亜戦争の実相」　PHP文庫・二〇〇〇

太平洋戦争研究会「日本陸軍がよくわかる本」　PHP文庫・二〇〇二
「昭和の歴史3　大江志乃夫『天皇の軍隊』」　小学館・一九九四
北村恒新「戦前・戦中用語ものしり物語」　光人社・一九九一
「眼で見る昭和」上　朝日新聞社・一九七二
「京都府百年の資料」4　京都府・一九七二
「京都府警察史」第3巻　京都府警察本部・一九八〇
朝日新聞東京裁判記者団「東京裁判」上下　朝日文庫・一九九五
後藤靖・藤谷俊雄監修・京都民報社編「近代京都のあゆみ」　かもがわ出版・一九八六
日本共産党中央委員会「日本共産党の六十年」　日本共産党中央委員会・一九八二
斎藤瀏「獄中の記」　東京堂・一九四二
徳田珠一・志賀義雄「獄中十八年」　時事通信社・一九四七
岡田一杜・山田文子編著「川柳人　鬼才鶴彬の生涯」　機関紙出版・一九九七
石川近代文学館編「石川近代文学全集」第4巻　能登印刷・一九九六
畑中繁雄著・梅田正己編「日本ファシズムの言論弾圧抄史」　高文研・一九八六
海老原光義・奥平康弘・畑中繁雄「横浜事件——言論弾圧の構図」　岩波書店・一九八七
アジアに対する日本の戦争責任を問う民衆法廷準備会編著「司法の戦争責任・戦後責任」

樹花舎・一九九五
上田誠吉「ある内務官僚の軌跡」　大月書店・一九八〇
宮下弘・伊藤隆・中村智子編著「特高の回想」　田畑書店・一九七八
森川哲郎「拷問　権力による犯罪」　図書出版社・一九七四
はかま満緒「はかま満緒の放送史探検」　朝日文庫・一九九五
澤地久枝「昭和・遠い日　近い人」　文春文庫・二〇〇〇
三國一朗・井田麟太郎編「昭和史探訪」全6巻　角川文庫・一九八五
平野謙「昭和文学史」筑摩叢書15　筑摩書房・一九六三
「日本プロレタリア文学大系」全8巻　三一書房・一九五五
「昭和思想統制史資料」第14巻　生活社・一九八〇
「現代日本文学全集」別巻1「現代日本文学史」　筑摩書房・一九五九
「現代日本文学全集」別巻2「現代日本文学年表」　筑摩書房・一九五八

新聞

日中戦争勃発　「大阪朝日」夕刊一九三七・七・九
南京陥落　「大阪朝日」一九三七・一二・一四

南京入城式　「大阪朝日」夕刊一九三七・一二・一六

太平洋戦争開戦　「大阪朝日」夕刊一九四一・一二・九

栗林一石路「戦後の俳壇」　「朝日」一九四六・六・一七

故・西東三鬼スパイ事件判決　「朝日」一九八三・三・二四

あとがき

わたしは一九三七年（昭一二）十二月、石川県の片田舎で生まれました。この年の夏、中国大陸で日中戦争が起こり、若い人たちが次々と応召し、多くが遺骨となって故郷に還ってきたことは、もちろん知りませんでした。

太平洋戦争で日本軍の敗色が濃くなった昭和十九年四月、国民学校に入学。田舎とはいえ、家では灯火管制、学校では空襲に備え、防空頭巾をかぶり、防空訓練もしました。父母は庭の片隅に穴を掘り、防空壕をこしらえました。夏休みになれば、鎮守の境内で早朝ラジオ体操をし、腰に刀代わりの竹を差してチャンバラごっこも楽しみ、意味も分からず軍歌も歌ったものです。

戦争も遊びのようなわたしの幼年時代、新興俳句運動は若い俳人らの心を惹きつけて燃え上がり、やがて、国家権力の手で弾圧され消えたかと思えば、何とも複雑な気持ちにさせられます。

この原稿を書いたのは、俳誌「京大俳句」が平成三年、京都の臨川書店から復刻、出版されたのがきっかけです。

わたしは十代から俳句に親しみ、秋元不死男句集の「瘤」や西東三鬼の「俳愚伝」、川柳人鶴彬《つるあきら》の獄中死を通じて、憲兵や特高による弾圧を少しは知っていたつもりです。しかし、「京大俳句」復刻を端緒に、俳人多数の検挙を知り、衝撃を受けました。

「京大俳句」復刻が出版された当時、新聞社に勤めていたわたしは、「幻の終刊号」の所有者杉本雷造さん、検挙された仁智栄坊さん、「京大俳句」雑詠欄に投句されていた鈴木六林男先生らから当時のことを聞き、事件の顚末《てんまつ》を新聞紙上で紹介しました。

「京大俳句」復刻に併せ、京都の思文閣美術館は平成十二年十二月から一カ月間、特別展「京大俳句の光芒《こうぼう》」を開催。展観資料も豊富で、卓抜な俳句展でした。記念講演会で、六林男先生が「『京大俳句』管見」と題して話され、わたしも「戦中俳人たちの青春時代」で、俳句の師だった沢木欣一先生らの作品を紹介させていただきました。

その後、私自身、「京大俳句」に対する関心は一層ふくらみ、新興俳句時代に新たな光を当てたいもの、と資料を集め、書き溜めてきました。今、拙稿をまとめ、改めて感心するのは、当時の「京大俳句」会員ら新興俳人が、モダニズム、ロマンチシズム、リアリズム、といった俳句表現の可能性を真剣に探り、句作に努めたという点です。

さらに、自由に発想し、句作に熱中した俳人らが思いがけず、治安維持法違反で検挙され、劣悪な留置場や監獄に拘束され、過酷な取調べを受け、ある者は命を落とすという「法治国家」の実態を知り、肝が冷える思いでした。半面、権力側にとっても無視できない「俳句の力」を、そこに見たような気にさせられました。

また、特高と結びついた俳人の暗躍。国民総動員体制に迎合し、「俳句報国」に走った人たち。戦後は「俳壇戦犯」と指弾された著名な俳人たち。こうした点についても、改めて目を向けるべきだと思いました。

わたし自身、俳句は日ごろから有季定型で作っており、作家の立場では新興俳句の無季、自由律容認に決してくみするものではありません。また、戦時中の「俳句報国」の俳人らの行為を頭から批判する立場でもありません。ただ、戦後六十年を迎えた今でも、言論弾圧最大といわれる横浜事件の再審のように、「戦中」が続いております。俳句事件も過去のこととして見過ごすべきではないでしょう。事実は事実として当然知るべきだと思います。

本書は、多くの俳人、評論家の方々のご意見、貴重な労作等を参考にさせていただいたほか、俳句文学館、朝日新聞社、京都文化博物館などの所蔵資料その他を快く使わせていただいたことも併せてお礼申し上げます。それに、特別展を立案、運営された思文閣美術館の副館長長田岳士氏、学芸員大津知子さん（当時）らの全面的なご協力のお陰で何とか形を整えることが出来ました。また、思文閣出版の編集長林秀樹氏、秦三千代さんら編集の方々のご尽力のたまものと心から感謝を申し上げます。

二〇〇五年（平一七）七月

田島　和生

挿入図版一覧

◆田島和生《たじまかずお》◆

1937年，石川県生まれ．金沢大学哲学科卒．朝日新聞社勤務．編集委員などを務め，97年退職．俳句は，沢木欣一主宰「風」同人をへて，林徹主宰「雉」，超結社「晨」同人．京都朝日カルチャーセンター俳句講師．俳人協会会員．句集に「青霞」，著書に「えひめ俳句歳時記」ほか．

新興俳人《しんこうはいじん》の群像《ぐんぞう》―「京大俳句《きょうだいはいく》」の光《ひかり》と影《かげ》―

2005(平成17)年 7 月20日発行

定価：本体2, 300円(税別)

著　者　田島和生
発行者　田中周二
発行所　株式会社思文閣出版
〒606-8203　京都市左京区田中関田町2-7
電話 075-751-1781(代表)
http://www.shibunkaku.co.jp

印　刷
製　本　株式会社図書印刷同朋舎

ISBN4-7842-1251-5　C1092